西／村／方／向

과거와 현대가 공존하는 서울 최고古의 동네

서촌방향

설재우

이덴슬리벨

一 ○ 서촌을 보는 창

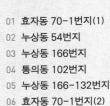

二 ○ 구석구석 서촌 공간

三 ○ 입으로 즐기는 맛있는 서촌

四 ○ 서촌 토박이, 그들만 아는 이야기

五 ○ 서촌의 미래

프롤로그

서촌西村은 경복궁 서쪽에 있는 마을을 일컫는 명칭이다. 정확하게는
인왕산과 경복궁 사이, 청운효자동과 사직동 일대를 뜻한다. 서촌의
명칭이 생소한 사람들은 이미 관광명소로 널리 알려진 북촌에 대비
해 유명세를 타려고 만든 이름이 아니냐고 오해하곤 한다. 하지만 조
선시대에 누상동, 필운동, 사직동, 옥인동에 있는 활터들을 합쳐 서
촌오처사정西村伍處射亭이라고 불렀다는 역사적 기록에서 알 수 있듯이
서촌도 북촌처럼 오래전부터 사용되던 지역의 명칭이다. 다만 그동
안에는 서촌이라는 이름 대신 흔히 '효자동 일대'로 통용되고 있었
는데, 어떤 이유에서인지 최근 들어 다시 서촌으로 불리기 시작했다.

그래서 동네에 오래 산 분들은 오히려 서촌이라고 하면 낯설어한다. 이곳에 30년 정도 살아온 나 역시 처음엔 거부감을 가졌지만, 자체적인 조사와 연구 끝에 오래전부터 이곳은 서촌으로 불렸다는 게 맞다는 결론을 내렸다. 또 동네의 고즈넉한 이미지와 잘 어울린다고 생각해서 지금은 누구보다 즐겨 사용한다.

서촌에 처음 와본 사람들은 서울에 이런 동네도 있냐고들 한다. 청와대와 밀접해 개발 제한이 있는 덕분에 한옥과 골목들이 고스란히 남아 있고, 경복궁과 어울려 도시 같지 않은 예스러운 동네 모습을 보고 방문객들은 감탄을 금치 못한다. 뿐만 아니라 건축물 고도제한이 있어서 인왕산과 북악산의 능선이 고스란히 보이고, 서울 시내에서 하늘을 시원하게 볼 수 있는 몇 안 되는 동네다. 깊이 있는 음식은 천천히 먹을수록 그 참맛을 느낄 수 있다. 서촌에는 볼거리와 즐길 거리 외에도 가슴 깊이 느낄 거리가 있는 곳이다. 나는 30년 동안 살아온 서촌 토박이로서 서촌을 찾는 방문객들이 그저 수박 겉 핥기 식으로 경복궁과 청와대만 보고, 인터넷에 알려진 유명 맛집만 왔다 가는 것이 안타깝고 아쉬웠다.

세계에서 가장 유명한 분수인 로마의 트레비 분수에는 하루 3,000유로, 우리나라 돈으로 약 450만 원쯤의 동전이 쌓인다. 분수를 등지고 서서 어깨 너머로 동전을 던지면 로마에 다시 오게 된다는 낭만적 속설 덕분이다. 트레비 분수에서 동전 던지기를 세계 여행자들의 통과의례로 만든 것이 1954년 할리우드 영화 〈애천〉이다. 로마에 온 세 명의 미국 여인이 트레비에 동전을 거듭 세 차례 던져 사랑을 기도한 끝에 멋진 남자와 맺어진다는 이야기다. 어떤 장소에 사연이 깃드는 '스토리텔링'의 힘이 얼마나 큰지를 잘 보여주는 사례다.

개인적으로 서촌의 매력을 한마디로 정리하자면 '무궁무진한 스토리'다. 서촌은 서울에서 가장 오래된 골목이 있는 삶의 터전이다. 옛 조선시대 왕궁인 경복궁과 현대의 대통령이 사는 청와대가 공존하는, 다른 나라에서도 흔히 볼 수 없는 역사적, 지리적 특성이 있다. 서촌은 다른 신新도시와는 비교할 수 없을 정도로 골목마다 장소마다 오래된 역사와 많은 사연을 가진 동네다. 로마의 트레비 분수와 비교해도 밀리지 않는 스토리텔링 요소들이 가득하다. 그러나 안타깝게도 그런 것들이 많이 알려지지 않았다. 그런 이유로 나는 여러 방법을 통해 서촌만의 스토리를 발굴하고 알리는 노력을 해오고 있다. 사실 개인적으로 무엇이든 일단 수집하고 보관하는 것을 좋아하는 편이다. 그런 구질구질한 성격 탓에 서촌에 대한 자료를 꾸준히 준비했다. 언제부턴가 자꾸만 이 동네에 옛것이 사라지고 새것이 들어오는데, 이것들을 남기고 알려야 한다는 생각이 나도 모르게 본능적으로 들었기 때문일 것이다.

예전에는 청와대와 가깝다는 이유로 개발은커녕 폭탄을 심을지도 모른다고 해서 곡괭이로 땅도 제대로 못 파던 곳이었지만, 서촌도 이젠 점점 다가오는 변화의 손길을 피하지 못하고 하루가 다르게 변하고 있다. 예전보다 고도제한이 많이 완화되어 높은 건물도 짓고 새로운 건물, 상점들이 들어서고 있다. 또 여러 가지 사건으로 동네 주민들 간에 보이지 않는 갈등의 벽도 생기고 있다. 외지인들과 토박이들의 갈등, 큰길 하나로 서먹서먹한 분위기, 재개발을 원하는 사람과 보존하는 사람들 사이의 갈등. 그래서 나는 일련의 작업들을 통해 현지인들에겐 동네의 가치를, 외지인들에겐 동네의 매력을 적극 알리고 싶었다. 이 일은 그저 몇 달, 몇 년에 끝날 일이 아니라 10년, 20년, 굉장히 오래 해야 할 일이라 생각하고 있다.

내가 전에 취재했던 서촌의 오래된 국밥집이 얼마 전 문을 닫았다. 한 자리에서 무려 50년이나 버텨온 곳이었다. 무척 가슴이 아팠지만 한편으로는 글과 사진 등으로 기록을 남겨놔서 다행이고, 내가 하는 일들이 누군가에게 의미 있고 가치 있는 작업일 수도 있겠다는 생각을 했다. 예전에 일본 도쿄의 유명한 거리인 신주쿠를 간 적이 있는데, 신주쿠의 울창한 빌딩 숲 사이에 작은 선술집 골목들이 잘 보존되어 있는 것이 인상 깊었다. 서촌도 그렇게 될 수는 없을까? 새로 유입되는 문화, 건물, 자본 등 변화의 물결을 전부 막을 수는 없겠지만, 보존해야 할 것들이 마땅히 보존되고, 개발해야 될 것들은 과감히 개발되어 신과 구가 공존하고 발전하는 그런 동네 말이다. 서촌에 오랫동안 살아온 사람 중 한 명으로서, 내가 추억하는 것과 변화하는 것들을 다양한 방법으로 남기고 알리고 보여주는 작업들이 그런 멋진 동네를 만드는 데 작은 도움이 된다고 믿고 있다. 서울에서 가장 서울 같지 않은 곳, 서촌. 이 책을 통해 더 많은 분들이 시간이 유난히 느리게 흘러가는 동네인 서촌을 천천히 같이 즐겨주었으면 하는 작은 바람이다.

이 책이 나오기까지 좋은 기회를 준 이덴슬리벨 관계자 분들과 늘 곁에서 응원해주는 가족들과 아내, 이 책을 쓰는 동안 태어난 아들 도호, 그리고 수천 년 동안 묵묵히 서촌을 지켜봐온 인왕산에게 고마운 마음을 전하고 싶다.

장소의 혼과 장소감을 훼손하는 세계는

어떤 식으로든 빈곤해진다.

에드워드 랠프

一 ○ 서촌을 보는 창

'서촌을 보는 창窓'이라는 주제로 작은 프로젝트를 하고 있다. 추억의 서촌 사진들을 모아 현재의 위치에 갖다 대고 사진을 찍는 작업이다. 단순한 콘셉트의 작업이지만 너무 딱 들어맞아도 재미가 없고 약간의 이질감과 동질감이 적절히 만나야 하기 때문에 생각보다 만만치가 않다. 하지만 그만큼 의미가 있고 재미있다. 그리고 옛날 사진의 배경이 현재의 모습과 적절하게 맞아떨어져야 하기 때문에 서촌이 가장 적절한 곳이기도 하다. 그동안 많은 변화가 있었지만 옛날 모습들이 그대로 남아 있기도 한 서촌의 과거와 현재의 모습들을 한눈에 비교해서 볼 수 있는 흥미로운 프로젝트가 되지 않을까 싶다. 이 결과물은 서촌공작소에서 전시하고 있는데, 많은 사람들이 관심을 보이고 반응이 좋아서 개인적으로도 큰 보람을 느끼는 프로젝트다. 앞으로도 계속해서 해나갈 계획이다. 서촌뿐 아니라 지금도 많은 변화가 진행되고 있거나, 또는 변화가 예상되는 더 많은 동네들에서 '○○을 보는 창' 시리즈가 생겨 지역의 소중한 곳들이 오랫동안 기억되기를 바란다.

01. 효자동 70-1번지 (1)

현재는 '그 옛날 손짜장'이라는 가게가 들어와 있는
서울시 종로구 효자동 70-1번지.
예전에는 나의 아버지가 하던
미림라사라는 양복점이 있었고
그 옆엔 초등학교 친구네가 하던 효자다방이 있었다.
간판은 바뀌었지만 건물은 그대로 남아 있다.
벽돌로 된 3층 건물에 창이 작게 나 있어
견고하면서도 폐쇄적인 성城같은 느낌이 든다.
서촌에서도 상당히 독특한 건물이라서
앞으로도 오래 남아 있었으면 좋겠다.

02. 누상동 54번지

구립 누상어린이집.
옛날 명칭은 '누상동새마을유아원'이다.
구립, 시립이란 말을 주변에서 찾아보기 힘들 정도로
나라가 가난했던 그 옛날 '새마을'이란 단어는
쉽게 볼 수 있었다.
하다못해 아이들이 다니는 유아원에도
새마을이란 단어가 붙어 있던 그 시절로부터
약 2, 30년이 지난 지금,
서촌의 좁고 후졌던 골목에는
고급 레스토랑과 예쁜 카페가 들어오고
낡고 오래된 한옥과 적산가옥들은
대부분 고층빌라가 되거나 재개발을 기다리고 있다.
말처럼 정말 새 마을이 된 것이다.
하지만 우리는 과연 그 변화 안에서
얼마나 행복한 삶을 살고 있을까?

03. 누상동 166번지

인왕산과 가장 가까이 맞닿은 동네, 누상동.
공기 좋고 경치 좋고 조용하기로 유명하다.
그런 지리적인 특성이 주는 환경적 요소 때문인지
큰길가로는 정재계 인사들의 으리으리한 집들이 자리 잡고,
좁은 골목에는 소박한 작은 집들이 옹기종기 모여 있었다.
특히 누상동 166-10번지는 화가 이중섭이 잠시 머물며
생애 첫 전시회를 준비했던 곳으로 알려져 있다.

누상동 166번지에 재개발이 이뤄지기 이전에는
집마다 나무들이 담장을 넘나들며
이웃들이 서로 한집살이를 했고
아이들이 놀다 옆집으로 공이 넘어가면
할머니가 공과 함께 간식을 내어주던
여유와 인정이 가득한 곳이었다.
지금은 빽빽하게 들어선 다세대주택들 탓에
햇볕조차 제대로 들지 못하고
아침저녁마다 여러 가지 문제들로
이웃 간의 고함이 끊이지 않는
그야말로 삭막한 빌라촌村이 되어버렸다.

지금은 우체국이 있는 통의동 102번지.
건너편엔 상업은행(현 우리은행)이 있었다.
큰길가라 비교적 큰 변화는 느낄 수 없다.

건너편으로 보이는 새카만 지붕의 한옥들이 있는 곳에
현재는 초콜릿 가게가 들어섰다.
알록달록한 보도블록도 옷을 갈아입고
매달려 놀던 주차장 안내표지판도 사라졌지만
인왕산의 능선과 가로수의 팔뚝만은
20년 세월이 흘러도 그대로여서
서촌을 보는 창으로 연결되니 참 반갑다.

사진의 왼쪽 구석을 자세히 보면 큰길가에
슬레이트로 지붕을 한 작은 건물이 있다.
마치 아프리카의 개척교회를 연상시키는 작은 교회.
현재의 옥인제일교회다.
옛날에는 '인왕교회'라는 이름으로 불렸다.

옥인아파트가 막 지어졌을 당시인
1970년대 초에 찍은 사진이다.
당시의 옥인아파트는 분홍색이 아니라
약간 푸르스름한 색이었음을 알 수 있다.
그리고 현재의 옥인연립이 있는 자리와
건너편 빌라들이 들어선 자리에는
원래 수많은 한옥들이 있었다.
한옥들을 내려다보는 아파트가 매우 이질적이다.
어떻게 저기에 고급 아파트를 지을 생각을 했을까?
당시엔 마을버스도 없었을 텐데 말이다.
아마 누상동이 그만큼 경치가 좋았고 명당이라는 뜻일 것이다.
서촌이 개발되던 당시의 모습을 볼 수 있는 아주 귀한 자료다.

06. 효자동 70-1번지 (2)

효자동 70-1번지 지하에는 효자다방이 있었다.
효자다방엔 테이블로 된 오락기가 있었고,
테이블 위엔 동전을 넣고 뽑는 오늘의 운세가 있었다.

효자와 다방, 둘 다 참 정겨운 단어다.
요새 서촌에 카페가 많이 생기고 있는데
커피나 차를 파는 곳이 새로 생길 땐
효자다방이라는 이름도 참 괜찮겠다 싶다.
그 안에 추억의 테이블 오락기와
오늘의 운세 뽑기통도 있으면
더 반가울 것 같다.

07. 신교동 6번지

세간에 잘 알려지지 않은
예쁜 벽돌담과 한옥이
어우러져 있는 곳.
30년 전의 옛날 모습 그대로
하나도 변하지 않은 골목들이
보석 같이 숨어 있는
서촌의 작은 동네, 신교동이다.

내가 골목에서 사진을 찍고 있으니까
근처에 사시는 분이 심히 경계하는 눈빛으로
지금 뭐하는 거냐고 물어본다.
내가 이러저러한 작업을 하고 있다고
설명을 해도 미심쩍은 표정이다.
골목은 공공도로와는 성격이 다르다.
골목은 상당히 주민친화적이고
사유도로에 가까운 성향을 띤다.
오죽하면 골목대장이란 말도 있을까?
그래서 낯선 골목을 찍거나 구경을 할 때,
만약 주민으로 생각되는 사람을 만나거든
먼저 가벼운 인사라도 건네야 한다.
그게 골목의 매너이자
골목을 여행하는 법이다.

사직동에서 가장 유명한 곳이라면
역시 종로도서관과 사직공원이다.
사직동은 서촌의 범위에서 가장 멀리 있는데도
이 종로도서관과 사직공원 덕분에
많은 사람들이 추억하는 곳이다.
어린 시절 엄마 손을 붙잡고
열심히 사직 어린이 도서관을 다녔고
중학교 시절에는 친구들과 종로도서관에
가방을 던져놓고 사직공원에 가서 신나게 놀았던
즐거운 기억이 가득한 서촌의 작은 놀이동산.

특히 책과는 담을 쌓고 살아온 나에게는
사직공원에 대한 애착이 무척 크다.
사직공원 한쪽에는 지금은 사라졌지만
신나는 노래가 나오는 롤러스케이트장이 있었고
겨울에는 아이스 스케이트장으로 변해
365일 아이들과 부모들로 북적였다.
롤러스케이트장 바깥으로는
비둘기 모이 주던 가족들과 커플까지
그야말로 사람들이 바글바글 했는데
지금은 비둘기조차 보이지 않는
텅 빈 공원이 참 낯설게만 느껴진다.

09. 경복궁 영추문(연추문)

흔히 '영추문' 혹은 '연추문'이라 불리는 이곳은
경복궁역에서 청와대로 향하는 길인 효자로에 위치한,
시원하게 뻗은 돌담길이 매력적인 경복궁의 서문西門이다.
서쪽은 방위로 볼 때 계절상 가을에 해당하기 때문에
'가을을 맞이한다'는 뜻으로 영추문이라 이름 지었다고 한다.

사진 속 사진은 1926년《조선고적도보》에 수록된 영추문의 모습이다.
사진을 자세히 보면 영추문 왼편 돌담이 무너져 있다.
일제강점기였던 당시 영추문 앞에 전차의 종점이 있었는데
전차가 오가면서 발생한 진동 때문에 무너졌다고 한다.

당시 일본이 경복궁의 홍례문 구역에 조선총독부 청사를 짓겠다고
지진제地鎭祭를 올린 것이 1916년 6월 25일이었고,
그로부터 건물을 완공한 날이 1926년 1월 4일이었다.
그러니까 조선총독부를 다 지어 올리기까지
무려 10년 가까운 시간이 걸린 셈이다.

광화문을 압도할 듯이 자리 잡아서
광복 후엔 국립중앙박물관으로 쓰였고
현재는 철거된 조선총독부 건물.

10년이라는 세월 동안 수많은 공사인부들과
묵직한 공사자재들이 전차를 통해 이동되었고,
동대문의 석산石山에서 채취한 화강암과 공사자재들,
그리고 한강에서 모래, 마포에서 벽돌, 용산에서는 대리석들을
광화문을 지나 경복궁 공사현장까지
모두 전차를 통해 운반했다는 기록이 남아 있다.

조선총독부를 짓는 10년의 공사기간 동안
지반 등 주변 환경에 얼마나 무리를 주었던지,
결국 영추문 돌담은 조선총독부가 완공된 해
무너져 내려앉아 버렸다.

지금은 비록 무너진 돌담을 재건하여
원래의 모습을 되찾았지만,
경복궁 바로 옆에 위치한 탓일까?
과거 일본 강점기의 아픈 역사의 흔적들이
서촌 곳곳에 여전히 많이 남아 있다.

10. 신교동 우당기념관

신교동은 서촌 지역 중에서도 가장 알려지지 않은 곳이다.
경복궁역에서도 한참 멀리 떨어져 있어
이른바 역세권으로 불리는 지역도 아닐 뿐더러
사람들과 경찰들로 늘 북적이는 효자동과 달리
바로 횡단보도 하나만 건너도 조용하다.
그만의 오묘한 느낌을 받을 수 있는
독특한 정체성과 매력이 있는 동네다.

신교동에는 대한민국 최초의 특수학교인
맹학교와 농학교가 사이좋게 나란히 자리 잡고 있고,
길 가운데에 기둥처럼 서 있는 은행나무가
마치 교통정리를 하듯 길을 나눠주는 풍경이 인상적인 동네다.
보고 듣지 못하는 학생들이 주로 다니는 길이기 때문에
이 동네에선 차나 사람들이 시끄럽게 다니지 않는 것이 불문율이며,
그렇기 때문에 신교동의 공기는 차분하고 조용하다.

신교동만의 독특한 느낌에는
작은 집들 사이사이에 들어서 있는 큰 집들이 주는
무게감과 위화감도 한몫을 했으리라고 본다.
다세대주택들이 가득하고
서민들이 사는 공간이 주를 이루고 있지만,
대한민국을 대표하는 기업인들이 은근히 많이 살았다.
LG와 GS그룹을 일군 허씨, 구씨 일가의 대저택이 여전히 남아 있고
삼양식품 회장인 전중윤 씨 집도 신교동에 있었다.
(현 푸르메재단 센터 위치)
1990년에 주택세를 가장 많이 낸 동네였다고 하니
그 부의 크기가 어린 시절 이 동네에 살았던
나로서도 감히 짐작이 되지 않을 정도다.

한편으로 신교동에는 정치인도 많이 살았는데,
그중 가장 널리 알려진 사람은 이종찬 전 국회의원이다.
사진 속 사진의 왼쪽 집에
이종찬 전 국회의원이 살고 있었다.
대문의 크기와 벽돌기둥, 기와지붕만 봐도
집의 규모와 관리 상태를 알 수 있다.
특히 오른쪽의 쓰러져가는 허름한 적산가옥과 항상 대조되었다.

으리으리하던 이종찬 전 국회의원의 집은
현재 우당 이회영 독립운동가의 기념관이 되었다.
이종찬 씨가 이회영 씨의 손자이기 때문이다.
이종찬 씨는 정계에서 은퇴한 뒤,
현재는 우당기념관의 관장으로서
할아버지의 업적을 기리고 있다.

인왕산

서울교회

신교동 60계단

인왕산
(수성동 계곡)

옥인동

카페 Ym

GOD, LOVE, DESIGN

경복고교

청와대

경복궁

자하문길

통인시장

효자동길

금천시장   동학사

1 2
3
4   경복궁역
7   6

二。 구석구석 서촌 공간

01
계단의 재발견,
신교동
60계단

西

村

方

向

계단은 그다지 특별할 것이 없는, 오르면 힘만 무진장 드는 그런 구
조물이다. 그런데 요즘 계단은 단순히 높은 곳을 오르내리는 길이 아
니라 그 자체로 하나의 명소가 되고 있다. 층層의 반복과 나열이라는
단순한 구조가 오히려 계단만이 줄 수 있는 특별한 건축미를 만들어
내기 때문이다. 나들이하기 좋은 요즘, 서울 구석구석을 살피며 오르
는 계단도 좋은 나들이 코스가 된다. 계단이 명물이 된 사례도 많다.
후암동 108계단, 남산 삼순이 계단, 이화동 꽃계단, 삼청동 돌계단,
상암동 하늘공원 계단 등. 특히 북촌 8경으로 꼽히는 종로구 삼청동
돌계단은 TV 예능프로그램을 통해 널리 알려졌다. 이 돌계단은 특별

히 아름답거나 규모가 크지 않지만 큰 암반 하나를 깎아서 만들었다는 점이 흥미롭다. 계단 맨 아래에서 위쪽을 향해 사진을 찍으면 운치 있는 돌담길을 담을 수 있어 북촌의 '포토스팟(사진촬영 명소)'으로 지정되어 있다. 이렇게 계단이 사람들의 사랑을 받는 이유는 뭘까?

계단을 한 걸음 한 걸음 올라가는 행위는 흔히 인생에 자주 비유되곤 한다. 오르다 보면 언젠가 정상에 도착하는 것. 그것이 계단이 주는 특별함이 아닐까? 서촌에도 명소가 될 만한, 아니 주민 사이에서는 이미 명소로 자리 잡은 계단이 있다. 나의 어린 시절 놀이터이기도 했고, 지금 봐도 상당히 독특한 느낌을 가지고 있는 서촌의 숨은 명소 신교동 60계단을 소개하려 한다.

서촌의 명물 계단

계단이 놀이터라는 것에 대해 요새 아이들이 과연 공감할 수 있을까? 실제로 나 어릴 적에는 계단이 훌륭한 놀이터였다. 가위바위보를 해서 한 칸씩 올라가기(혹은 내려가기), 가위는 한 칸, 바위는 두 칸, 보는 세 칸으로 올라가기, 한 번에 누가 더 많이 올라갈 수 있는지 시합하기, 무궁화 꽃이 피었습니다 계단 버전으로 하기 등. 그러고 보면 동네 전체가 커다란 놀이터였다.

행정구역상 청운효자동 내의 신교동 위쪽은 언덕 위에 집들이 지어져 있는데, 경사가 심한 곳에 짓다 보니 꽤 독특한 구조의 건축물이 많다. 그 때문에 자연히 계단도 많이 생겼다. 1990년대 초반

언제 이걸 다 쌓았을까. 반듯하게 깎고 다듬지 않은 채
계단을 따라 물결을 그리듯 쌓아올린 붉은 벽돌담이 서촌답다.

아래에서 보면 숨어 있던 그림이 나타난다.

신교동 일대에 재개발이 이뤄지기 전까지는 60계단 외에도 근처에 80계단이라는 곳도 있었던 것 같은데, 재개발과 함께 사라진 건지 그 흔적을 찾을 수 없었다. 어떤 사람들은 이 60계단을 80계단, 62계단으로 부르기도 하던데, 사실 나도 가물가물해서 정확한 기억이 나지 않는다. 단지 근처에 살았던 초등학교 동창들에게 물어본 결과 대부분 60계단으로 기억을 하고 있었다. 친구들에게 60계단의 존재에 대해 물으며 이런 저런 얘기를 나누다 깨달은 점은 이름이야 어쨌든 간에 많은 친구들이 유난히 60계단에 대해 여러 가지 이야기를 추억하고 있다는 것이다. 그만큼 60계단은 서촌, 신교동의 숨은 명물이라고 부르기에 부족함이 없다.

새로운 옷을 입은 60계단

60계단은 이름만큼이나 상당히 높다. 좁고 깊고 가파른 계단이 위에서 아래로 길게 이어져 있다. 적어도 3, 4층 높이는 되어 보인다. 계단을 따라 아래로 쭉 내려가면 신교동 은행나무와 마주칠 수 있다. 좌우 대칭으로 가지런한 붉은색 벽돌이 매우 정갈한 느낌을 준다. 밑에서 올려다보면 계단에 그려진 독특한 그림을 볼 수 있다. 위에서 바라봤을 땐 보이지 않던 그림이다. 60계단은 양쪽에 벽돌이 가득 쌓여 있어서 늘 음산한 분위기를 연출했는데, 그림이 그런 분위기를 다소 중화시키고 좀 더 시선이 가게 한다.

그런데 좀 아쉬운 면도 있다. 나는 어릴 적에 늘 60계단 꼭대기에는 뭔가 있을 것 같은 신비한 느낌을 받았다. 그래서 더더욱 집으로 가는 편한 길을 놔두고 친구들과 60계단을 이용하는 고집을 부렸다. 물론 꼭대기엔 아무것도 없었다. 그래도 줄기차게 60계단을 올랐다. 당시 모험심과 호기심은 내가 가진 체력과 한계를 능가했다. 그림이 그려진 뒤 그런 신비함이 많이 줄어든 것이 못내 아쉽다. 지금은 알록달록 예쁜 색으로 옷을 입은 계단이, 대부분의 벽화가 그러하듯이 나중에 비와 먼지로 더럽혀지고 시간이 지나며 색이 바랜다면 흉해지지 않을까 걱정도 된다. 차라리 조도를 높인 가로등을 설치한다든지 다른 방법으로 60계단의 매력과 장점을 충분히 살리며 으슥한 단점을 보완할 수 있지 않았을까 싶은, 지극히 개인적인 아쉬움이 든다.

계단을 내려오면서 하나씩 세어보니 단이 87개쯤 되었다. 아마 정비를 하며 조금 더 생기지 않았나 싶은데, 명칭이 60계단인 것으로 보아 예전에는 정확히 60단이었으리라 추정해본다. 친구들과 오르내리며 수도 없이 세어봤는데도 정확히 기억이 나질 않는다. 계단을 정비하면서 울퉁불퉁했던 돌계단을 시멘트 각진 계단으로 바꾼 것도 아쉽다. 돌계단이 주는 불규칙한 느낌이 힘과 균형을 정확하게 분배하지 못하고 비틀거리게 만드는 측면은 있지만 그 덕분에 오르는 길이 지루하지 않았기 때문이다. 하지만 벽돌담만은 그대로여서 벽돌이 주는 특유의 무겁고 차분하면서도 고풍스러운 분위기는 여

원래 60계단이었는데 보수를 하면서 지금은 87계단이 되었다.
세월이 쌓이는 만큼 계단도 쌓여간다.

전했다. 특히 계단의 형태를 따라 굴곡을 그리며 쌓인 벽돌이 압권인데, 마치 밑으로 쏟아질 듯한 착시현상까지 불러일으킨다. 이런 독특한 벽돌담은 이제껏 본 적이 없다. 예전에 광고회사에서 조감독과 PD로 일한 적이 있는데, 독특하거나 색다른 장소를 섭외할 때 왜 여기를 진작 생각하지 못했나 싶은 아쉬움이 든다. 그만큼 영화나 광고의 영상으로도 손색없는 아주 멋진 장소이다.

사랑하는 연인과 가족들과 함께 효자동 근처 맛집에서 맛있게 식사하고 고즈넉한 효자동을 둘러본 뒤 신교동으로 건너와서 60계단에서 가위바위보 시합하며 소화시키는 데이트를 즐겨보면 어떨까? 신교동 60계단은 특별한 추억을 만들기 충분한 곳이다.

하정우, 공효진 주연의 영화 〈러브픽션〉이
서촌 누상동 일대에서 촬영되었다.
하정우가 사는 집도 옥인연립이었단다.
익숙한 장면들이 영화에 나오니 참 반가웠다.
오프닝에 등장하는 서촌 모습 때문에라도
영화를 보고 싶은 마음이 팍팍 들었다.

02
누하동의
작은 보석함
GOD, LOVE, DESIGN

西

村

方

向

．

어두컴컴한 서촌의 저녁, 필운대로에서 통인시장 쪽으로 걷다 보면
누하동으로 들어가는 왼쪽 골목 안에 작지만 밝게 빛나고 있는 곳이
있다. 큰길에서 멀지 않은 곳이라 빨려들어가듯 안으로 눈길이 가고
들여다보게 되는 곳이다. 이 가게의 간판은 특이하다. 출입문의 등이
꼬마아이가 세발자전거를 타야 볼 수 있을 정도의 낮은 높이에 달려
있고 그 밑에 GOD, LOVE, DESIGN이라는 세 단어가 쓰여 있다.
전혀 연관성이 없어 보여 어떤 연결고리가 있을까 궁금하게 만드는
세 단어가 이 작고 빛나는 가게의 이름이다. 창가에는 빈티지 소품들
이 가득하고 안에는 따스한 불빛 아래 무언가 잔뜩 반짝거리고 있다.

들어가 보지 않고는 알 수 없을 것 같아서 문을 여는데 마치 누하동의 작은 보석함을 여는 기분이었다.

째깍째깍 소리나는 반지

들어가니 발밑에서 삐걱거리는 마룻바닥 소리가 났다. 마치 중학교 시절 교실을 떠올리게 하는 소리였다. 세게 밟으면 부서질 듯 연약한 나무의 이음새 소리가 낯선 방문자의 조심스러움을 더욱 증폭시켰다. 조심스럽게 "계세요?" 하고 물으니 한쪽 구석에서 대뜸 굵은 목소리가 들렸다. "아, 손님이 오셨으니 음악을 틀어드릴게요!" 엥? 뜬금없는 대답이었다. 자세히 보니 그는 기타를 잡고 있었다. 그리고 잔잔한 곡을 연주하기 시작했다. 아기자기하고 섬세함이 느껴지는 공간이라 당연히 여자 주인이 있을 줄 알았는데 의외로 터프해 보이는 남자가 기타를 치는 모습을 보게 될 줄이야. 비일상적인 경험에서 느끼는 신선함과 놀라움의 연속이라 마치 여행을 온 듯했다.

마룻바닥이 내는 신경질적인 소리와 고요한 듯 잔잔히 흐르는 기타 소리의 동거에서 느껴지는 약간은 긴장된 분위기 속에서 5평 남짓한 공간을 이리저리 돌아다니며 구경했다. 한옥을 개조한 그곳은 작업실과 전시실을 겸한 공방이었다. 개인적인 공간과 섞여 있는 이런 공간은 자칫 작업자에게 방해라도 될까 들어서기가 망설여지는 것이 보통이다. 하지만 시간이 흐르자 점차 마룻바닥 소리와 기타 소리에 적응해가며 진열대 여기저기 놓인 물건들이 눈에 들어오기 시

공방 한쪽에 있던 작가의 작업실.

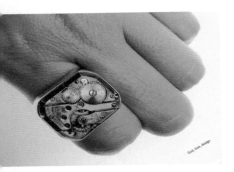

그가 모은 소품으로 만든 작품들.
금속이지만 따뜻함이 느껴지는 건
작가의 손길이 닿아서 그런 것이 아닐까.

작했다. 그의 작품들은 클림트의 그림처럼 살구색의 따뜻한 조명 아래서 황금빛으로 반짝반짝 빛나고 있었다. 자세히 들여다보니 독특하게도 시계부품이라는 공통점이 있었다. 그제야 내가 온갖 시계부품에 둘러싸여 있다는 걸 깨달았다.

　작업실로 보이는 곳에는 시계를 해체하기 위한 연장들이 이리저리 놓여 있어서 유럽의 아주 오래된 시계방에 들른 기분이 들었다. 시계부품으로 만든 장신구들이 이곳의 주요 아이템인 것 같았다. 장신구의 종류로 목걸이, 반지 등이 있었다. 호기심을 가지고 여러 가지를 들여다보고 있으니 구석에서 기타 치던 남자가 말을 걸어왔다. 그의 이름은 윤세영, 주얼리 디자이너이자 이 예쁜 가게의 주인이었다. 그는 이 작품들을 만들기 위해 5년 정도 시계부품만 중점적으로 수집했다고 한다. 작품제작은 물론 내부 인테리어도 전부 윤세영 디자이너의 솜씨다.

따뜻한 나무 같은 디자이너

　그는 한눈에 봐도 자신의 물건을 굉장히 아끼는 사람인 듯했다. 내가 보기에는 전부 고장 난 시계들이었지만 그가 '이 녀석들'이라고 부르며 다루고 얘기하는 모습에서 자신의 작품이 되어주는 물건에 대한 깊은 애정이 묻어났다. 얼마 전에 본 영화 〈완득이〉 속 김윤석 씨가 연기한 동주 선생의 모습이 그와 오버랩되었다. 윤세영 디자이너는 남들이 안 쓴다고 버리고 고장 나서 외면한 시계들을 분해하고 다시 조립해서 예술작품으로 만들어냈다. 멈춰버린 시계를 재해석해서 새로운 생명으로 살 수 있도록 시간을 불어넣었다. 대개 이런 사람은 남들이 보지 못하는 면이나 단점을 장점으로 볼 수 있는 능력이 있는 사람들이다. 또한 작품들 사이사이 놓인 빈티지 소품들에서 알 수 있듯이 그는 취미로 골동품을 모으는데 동네 벼룩시장에 그것들을 많이 내놓았다고 한다. 그는 따뜻한 나무 같은 사람이었다. 벽 한쪽에는 동네 꼬마아이가 삐뚤빼뚤 그린 그림이 엉뚱하고도 정겹게 붙어 있었다.

천천히 공방을 둘러보니 특이하게 한옥 기둥에서 서까래가 뽑힌 부분에 인조잔디가 심어져 있었다. 그 이유를 물어보니 "(그 부분이) 너무 아파보여서"라고 대답했다. 수염이 난 터프한 모습과 달리 섬세하고 감성적인 면을 느낄 수 있었다. 이쯤에서 가게 이름인 GOD, LOVE, DESIGN에 대해 물어보지 않을 수가 없었다. 내 질문에 그는 삼각형 모양을 손가락으로 그리며 능숙하게 설명을 했다. 갓God은 흔히 알고 있는 신, 하나님이 아니라 작업을 하는 데 있어 필요한 창조적인 능력을 뜻한다고 했다. 디자인Design은 말 그대로 디자인이고, 마지막으로 사랑Love은 창조되고 디자인된 물건에 생명을 불어넣는 존재라고 했다. 아마 특이한 이름 때문인지 많은 사람들이 궁금해하고 물어본 것 같았다. GOD, LOVE, DESIGN은 원래 신사동에 있었다고 한다. 신사동을 떠나 서촌으로 오게 된 이유를 묻자 신사동이 너

서까래가 뽑힌 기둥이 아파 보여
인조잔디를 심었다고 한다.

무릎 높이에 있는 가게 간판.

선한 웃음만큼이나 마음도 따뜻한 윤세영 디자이너.

무 복잡해졌다고 한다. 그러면서 서촌은 알면 알수록 재미있는 동네 같다고 쑥스러운 듯 말했다. 서촌에 문을 연 지는 겨우 1년이지만 그 사이 동네가 많이 변했다고 했다. 내가 나중에 서촌도 신사동처럼 되면 어떻게 하냐고 물어봤더니 당황한 듯 웃기만 했다. 사실 이건 서촌을 사랑하는 많은 사람들의 걱정거리이기도 하다. 서촌만은 북촌, 삼청동의 전철을 밟으면 안 된다고 생각하는 사람이 많다.

사라진 공방

남자다운 외모와 달리 쑥스러움이 많던 그는 낯을 많이 가리고 말주변이 없어 동네사람들과 많이 친해지지 못했다고 했다. 그 때문인지 그의 매장은 전시장보다는 작업실 느낌이 강했다. 그는 재주가 많은 사람이었다. 그가 취미로 작업실에서 기타를 치는 모습을 보고 동네 주민이 한두 명씩 찾아와 기타를 가르쳐달라고 부탁하는 일이 종종 있단다. 자기가 정식으로 알린 것도 아닌데 신기하게 어떻게들 알고 들어온단다. 딱 보기에도 마음 착해 보이는 그는 거절하지 못하고 개인교습도 해주고 원하면 단체레슨도 해준다. 그런데 기타레슨을 하면 금전적으로는 여유가 있지만 정작 하고 싶은 작업에 집중을 못해서 될 수 있으면 더 이상 늘리지 않으려고 한단다. 나도 방에서 먼지만 쌓여가는 기타 한 대가 있는데 아깝다.

공방을 나서기 전 슬쩍 나이를 물어봤다. 오 마이 갓! 내 예상을 뛰어넘는 숫자였다. 차마 글에 밝힐 수는 없지만 그는 늙지 않는 이유를 "아직 철이 없어서 그런가보다"라며 멋쩍게 웃어넘겼다.

　나는 밤에 누하동 골목을 지날 때마다 하얗게 반짝이는 이곳을 지나는 게 반가웠다. 기타치고 행복하게 작업하며 철이 없는 그를 볼 수 있었기 때문이다. 하지만 이제 이곳은 더는 반짝이지 않고, 캄캄한 채로 창문에는 하얀 커튼이 쳐져 있다. 다른 간판이 달려 있는 것도 아니고 비어 있는 채로. 잠깐 여행을 간 건가 싶었는데, 그렇게 몇 달이 흐른 것 같다. 반짝이는 보석들을 잃어버리고 아무것도 없는 텅 빈 보석함을 보는 게 그저 속상할 뿐이다.

　(사진제공 조은희. http://blog.naver.com/langlang2020)

예전 작업실 전경. 지금은 불이 꺼지고 커튼도 쳐져 있다.
어디로 갔을까. 혹시 돌아왔을까 싶어 지날 때마다 기웃거리게 된다.

03

마음이
치유되는 곳,
서촌 골목길

西

村

方

向

줍고 구불구불한 골목을 걷다 보면 묘한 포근함과 추억이 스멀스멀 올라온다. 담장에 적힌 짓궂은 낙서들, 바람에 펄럭이며 햇살을 듬뿍 받고 있는 빨래들, 골목 사이 집집마다 놓인 화단과 나무들을 보고 있으면 왠지 어린 시절이 생각나고 정겨운 느낌이 우리와 동행한다. 골목은 향수를 불러일으키는 마법 같은 효과가 있다. 갈수록 각박해 지고 메마르는 인심과 일상에 지쳐서일까? 요즘 골목에 대한 얘기를 많이 들을 수 있다. 비단 서촌뿐만의 얘기는 아니다. 책으로, 잡지로, 영상으로 다양한 매체와 방법으로 그동안 소외되고 방치되었던 골목 이 재조명되고 있다. 그야말로 골목의 재발견이다. 골목은 서촌을 이해하고 느끼는 데 가장 중요한 키워드이기도 하다. 서울 시내에서 유일하게 조선시대의 지적도(토지에 관한 여러 가지 사항을 기록한 지도)와 현재의 지적도가 가장 근접하게 일치하는 곳이 바로 서촌이라고 한다. 그 정도로 서촌의 골목은 역사가 깊다. 그래서일까. 흔히 서촌하면 많이 떠올리는 곳이 바로 이 골목이다.

사실 따지고 보면 골목은 좁고 많이 불편한 존재다. 탈선장소로도 쓰일 수 있고 무엇보다도 화재 시 소방차가 접근하기가 어려워 여러모로 위험하다. 또한 공공도로와는 성격이 많이 다르다. 분명 누구의 것이 아닌 길인데도 말이다. 골목은 상당히 주민친화적이고 사유도로에 가까운 성향을 띤다. 골목은 거기에 사는 사람들이 열심히 일구어놓은 스티로폼 꽃밭과 화분들이 길을 막고 있고, 때론 쓰레기가 아무렇게나 나와 있으며, 눈이 오면 직접 빗질로 길을 내는 노력이 뒤섞인 곳이다. 그렇기 때문에 거의 항상 텃세가 존재한다. 또한 골목에는 거기서 살아온 사람들 각각의 사연과 눈물과 아픔이 있다. 내가 알고 있는 서촌과 골목에 얽힌 이야기를 해보려고 한다.

서촌 골목길, 잃어버린 동심을 돌아보다

골목길의 서정성은 청춘보다는 동심에 가깝다. 골목은 누구나 그러하듯 나에게도 역시 어릴 적 아이들과 술래잡기, 숨바꼭질을 하던 주 무대였다. 그러나 키가 자라고 학교를 다니기 시작하면서 골목

서촌의 골목은 길인 동시에 마당이다.
화분을 가꾸고 해를 쬐며 이야기를 나누는
만남의 공간이다.

서촌 골목의 표정은 다양하다.
고즈넉한 한옥들 사이를 걷다가 모퉁이를 돌면
이렇게 샛노란 담이 나타난다.

은 즐거운 기억보다 무섭고 진땀 나는 기억으로 변했다. 골목 곳곳에는 동네 불량배 형들이 숨어 있었고, 툭하면 돈을 뺏기곤 했다. 한 사람만 겨우 지나다닐 수 있거나 둘이 지나려면 어깨를 피해줘야 하는 골목에서 불량배들을 만나면 꼼짝없이 당했던 것이다. 뒤돌아 있는 힘껏 달려 도망쳤지만 붙잡히기가 일쑤였고 두들겨 맞기 싫으니 돈을 줄 수밖에 없었다. 하지만 돈을 줘도 얻어맞기도 했으니 어쨌든 그 시절 나에게 인적 없고 으슥한 서촌의 골목은 항상 두려움의 길이었다.

한편 서촌의 골목은 또 다른 방황의 도피처였다. 골목에는 지름길도 있지만 한없이 뱅뱅 돌아가는 길도 있다. 뱅뱅 돌아가는 길을 걸으면 골목과 방황은 너무나도 잘 어울리는 한 쌍의 조합이 된다. 예를 들면 시험을 못 봐서 집에 가기 싫을 때 말이다. 개구쟁이로 유난히 말썽과 사고를 많이 쳤던 나의 어린 시절은 골목과 떼려야 뗄 수가 없다. 서촌에 골목이 없었더라면 그때 그 시절 나는 어디에서 방황할 수 있었을까?

위기의 상황에 골목의 도움을 받은 적도 있다. 초등학교 시절 어느 날 친구들에게 "우리 집에 최신 비디오 게임기가 있다. 어제 아빠가 사오셨다"고 뻥을 쳤다. 지금도 왜 그런 뻔히 들통 날 뻥을 쳤는지 잘 모르겠다. 그런데 아니나 다를까 친구들이 우르르 몰려와 "못 믿겠다. 증거를 보여 달라!"며 우리 집에 확인 겸 놀러가자고 했고, 나는 거짓말쟁이가 될까 봐 솔직히 말은 못하고 분위기에 못 이겨 결국 친구들을 집으로 데려가는 상황이 되어버렸다. 거짓말이 들통 나는 건 시간문제였다. 그래서 나는 친구들을 졸졸졸 데리고 서촌 골목을 이리저리 돌아다녔다. 친구들은 도대체 언제 도착하느냐고 계속 나를 보챘지만, 나는 "거의 다 왔다. 곧 도착 한다"는 말만 반복하며 골목을 돌아다녔다. 결국 친구들은 힘들다고 하나둘씩 집으로 갔고 나는 그제야 안도의 한숨을 내쉴 수 있었다. 아마 서촌 골목이 없었다면 나는 거짓말쟁이로 몰려 비웃음을 샀을지도 모를 일이다.

서촌 골목길에서 위로를 받다

김창준 미국 연방 하원위원의 서촌 골목 이야기도 기사를 통해 화제가 되었다. 그는 한때 미국 연방 하원위원에 세 차례나 당선된 성공한 한국인이다. 한국인으로서 처음 있는 일이었다고 한다. 그러나 미국 언론들이 연일 그의 정치자금 의혹과 비리를 제기하면서 결국 의원직을 잃었고 순식간에 추락했다. 결혼 생활은 파탄 났고 애써 키워온 회사도 망했다. 모든 걸 잃은 사람이 마지막으로 돌아갈 수 있는 곳은 결국 고국과 고향이었다. 그는 불현듯 어릴 적 자신이 살던 인왕산으로 향하는 골목길이 떠올랐다고 한다. 스무 살이 넘어 고국을 떠난 후 잊고 살던 동네였던 곳, 바로 서촌이었다. 그는 한국행 비행기를 탔다. 그리고 인왕산 골목길을 찾았다. 그 골목길에 들어서자 지난날들이 주마등처럼 스쳐 지나갔다고 한다. 그는 그 골목길 위에 서서 한참을 울었다. 당시 느꼈던 감정을 이렇게 표현했다.

"산등성이의 진달래며 개나리, 그리고 길가의 목련이 이렇게 아름다웠던가. 나는 봄꽃이 피어나고 있는 골목길을 아주 천천히 걸었다. 그 꽃들은 아마도 내가 어릴 적부터 그렇게 피어 있었고, 나는 그 곁을 스쳐 지나갔을 것이다. 세상 욕심만 가득했던 내 눈에, 내 마음에 그 꽃이 보일 리 없었다. 꽃이나 나무에 내 마음을 줄 여유가 없었던 것이다. 성공에 대한 집착과 욕망을 모두 털어버리고 세상을 겸허하게 바라볼 수 있게 되었을 때 마음의 평화가 내게로 찾아왔다. 인왕산 골목길에서 나는 다시 살아야겠다고 생각했다."

– 〈조선일보〉 2011년 1월 5일 기고문에서 발췌

사람들이 가끔 나에게 서촌의 매력을 물으면 나는 이렇게 대답하곤 한다. "서촌은 힐링 플레이스healing place다. 서촌에는 우리의 지친 마음을 달래주고 치유하는 힘이 있다." 그리고 힐링 플레이스의 근원은 바로 골목길이라고 생각한다. 이 길에서 우리는 모진 풍파를 견디고 버티며 힘겹게 살아왔던 시간 동안 잊고 지낸, 이제는 다 사라졌을 거라고 생각했던 추억과 순수함이 남아 있음을 발견하고, 그것에 정화되는 것이 아닐까? 오늘도 난 서촌 골목길을 걸으며 위로받고 치유 받는다. 기나긴 겨울이 지나고 조만간 봄이 올 것 같다. 골목을 걷기엔 더없이 좋은 계절이다.

04

동화 속에 나올 법한
로맨틱한 쉼터,
카페 Ym

西

村

方

向

나는 별로 멋대가리가 없다. 옷도 매일 입는 옷을 좋아하고, 식당도 분위기 있는 곳보다는 저렴하고 빨리 나오는 실용(?)에 우선순위를 둔다. 그다지 커피를 좋아하지도 않고, 한군데 앉아서 시간을 보내는 걸 잘 견디지 못해서 평소 카페를 찾는 일이 많지 않다. 카페를 즐겨 찾는 사람들은 왠지 나와는 다른 사람들 같은 느낌이 든다. 그래서인 지 나는 사람들이 카페에서 흔히 느낀다는 소소한 감성과 여유들을 솔직히 잘 모른다. 그런 나에게도 작고 예쁜 카페가 얼마나 동네를 아름답고 풍성하게 만드는지 그 변화의 과정을 지켜볼 기회를 준 카 페가 있다. 바로 나의 서촌공작소 사무실 옆에 있는 카페 Ym이다.

좋아하는 것들, 좋아하는 카페 Ym

카페 Ym은 젊은 커플이 운영하는데 여자의 이름은 유미, 남자의 이름은 영모다. 재미있게도 둘의 이니셜이 Y.M으로 같아서 카페이름을 그렇게 지었다고 한다. 이니셜이 같으니 아마도 천생연분인걸까? 둘은 사귀면서 크게 싸운 적도 없다고 한다. 이니셜을 공유하는 두 청춘남녀가 카페를 어찌나 알콩달콩 예쁘게 운영하는지 카페에 크게 관심이 없는 나조차도 지나가면서 들여다보지 않을 수가 없다. 카페 Ym은 내가 한창 서촌공작소 사무실을 얻으러 돌아다닐 때 마침 자리가 나왔던 곳이라 더 자주 눈길이 간다. 내가 지금 사무실로 쓰고 있는 예전 용 오락실 자리보다 가로로 약간 더 넓은 대신 깊이가 좀 얕다. 하지만 30년 동안 햇빛 한번 제대로 못 본 오락실보다 손볼 것이 상대적으로 덜한 곳이었다. 상가 용도도 근린생활시설이 가능하게 되어 있어 여러모로 장점과 활용도가 많은 곳이었는데, 나는 단지 지금 쓰고 있는 자리에 원래 있던 용 오락실에 대한 애착과 추억이 많아 그냥 그곳을 포기하고 이쪽으로 오게 되었다. 그러면서도 미련이 남아 앞으로 저긴 누굴 만나서 어떻게 변하게 될까 참 궁금했던 곳이다.

나의 궁금증이 해결되기까진 그리 오랜 시간이 걸리지 않았다. 내가 사무실을 얻고 나서 얼마 뒤에 바로 유미, 영모 커플이 자리를 얻은 것이다. 게다가 도무지 내 감각으로는 어떻게 꾸며야 하나 답이 나오지 않던 공간을 자기네들이 직접 페인트칠하고 공사하는 과정

조늘해 디자이너가 그린 카페 Ym 외관 스케치.

좋아하는 것들, 좋아하는 카페.

하나하나를 본의 아니게 지켜보게 되었고, 둘이 아기자기하게 꾸며 나가는 걸 보니 부럽기도 하고 대단하게 느껴졌다. 카페 Ym은 전에 컴퓨터 수리 가게가 있던 자리다. 그런데 그동안 어찌나 관리를 안 했는지 YM커플이 처음 청소를 할 때 애를 엄청 먹었다고 한다. 원래 깔려 있던 장판을 들춰보니 바퀴벌레가 가득했고, 환기를 잘 안 시켜서인지 벽에도 곰팡이가 가득했다고 한다. 지저분하고 더러웠던 컴퓨터 가게가 이렇게 화사하고 예쁜 카페가 되었으니 참으로 주인을 잘 만났다 싶다.

　Ym은 크지 않은 공간이지만 오밀조밀하고 야무지게 잘 꾸며놓아 작고 소박하면서 분위기가 참 편하고 포근하다. 그리고 구석구석

볼거리, 먹을거리도 많다. 특히 작은 공간을 빛나게 하는 건 바로 다락방인데 카페를 더욱 운치 있게 만들어준다. 둘은 철제 프레임을 이용해서 한쪽에 아늑한 다락방을 만들었다. 다락방은 자고로 아이들의 놀이터 아니겠는가! 그래서인지 카페 손님 중엔 동네 아이들도 있다. 어느 학부모가 아이의 손을 잡고 카페를 들어왔는데, 아이가 하도 졸라서 안 와볼 수가 없었다고 한다. 카페 안에는 아기자기한 소품도 많고 인형도 많아 아이들이 무척 좋아한다. 아기자기한 소품들은 아이들뿐만 아니라 어른들도 좋아하는 아이템이다. 어디서 이런 예쁜 소품들을 다 모았는지, 구석구석 놓인 소품들을 보고 있노라면 내 아내는 "예쁘다~ 귀엽다~"를 연발하며 어쩔 줄을 몰라 한다.

메뉴판은 포토그래퍼인 유미 씨가 직접 찍은 사진으로 만든 일종의 포토북이다. 사진들로 구성된 메뉴판, 아니 메뉴책을 보며 음식들의 모습을 직접 확인하고 주문을 할 수 있다. 유미와 영모의 세심한 배려가 느껴졌다. 일본인 친구 카요미가 서촌에 놀러왔을 때 카페 Ym을 방문했는데, 이 포토북 메뉴판 덕분에 쉽게 주문을 할 수 있었다. 한쪽 벽엔 여행을 떠나는 느낌을 주고 싶어 만들었다는 자연이 담긴 영상이나 자신들이 직접 찍은 사진들을 빔프로젝터로 틀어놓아서 몽환적이고 낭만적인 분위기를 느낄 수 있다.

Ym, 서촌의 정을 느끼다

카페 Ym으로 가는 길은 좁은 골목에 양쪽으로 다세대주택이 빽빽하게 들어와 있어 햇볕이 잘 들지 않는 편인데, 어떻게 딱 Ym에만 유일하게 앞으로 골목길이 뚫려 있어서 햇빛이 눈부시게 들어온다. 바로 옆 내 사무실은 어두컴컴한데 말이다. 어두운 골목길에 햇볕이 들어와 환히 빛나는 카페의 모습은 마치 연극무대에서 배우에게 단독으로 조명을 쏘아주는 느낌이다.

카페 Ym은 옥인아파트로 가는 길에 처음 생긴 카페라서 그런지 사람들의 관심이 유난히 많았다. 가끔은 지나쳤을 법도 한 주민들의 관심을 영모 씨는 귀찮아하지 않았다. 카페 건너편에 세탁소가 있다. 아침 일찍부터 저녁 늦게까지 열려 있는 곳이다. 그런데 한창 공사를 마치고 오픈 준비를 하던 어느 날 영모 씨를 세탁소에서 잠깐 와보라고 불렀단다. 무슨 일이 있나 싶어 찾아갔는데, 세탁소 아저씨께서 "젊은 사람들이 알아서 잘하고 자신보다 아는 것도 많겠지만, 장사를 몇 십 년 해본 경험으로 조금이나마 도움이 되고 싶다"며 바쁘신 와중에도 자신만의 사업 노하우를 종이에 직접 손으로 꼼꼼히 적어서 건네주셨단다. 영모 씨는 그때 커피만큼 진한 서촌의 정을 느꼈다고 한다.

얼마 전 아내와 일본 후쿠오카로 여행을 다녀왔다. 예쁜 곳을 좋아하는 아내가 일본의 카페를 가보고 싶어하길래, 후쿠오카의 핫플레이스라는 이마이즈미今泉를 찾았다. 그런데 아무런 정보도 없이 갔던 탓인지 골목을 빙글빙글 헤맸고, 결국 우리가 찾던 카페는 못가고 별다방과 비슷한 체인점에 가서 평범한 라떼 한 잔을 마시며 '이럴 때 카페 Ym 같은 곳을 발견하면 참 좋겠다'고 생각했다. 골목길을 헤매다 우연히 만나는 작은 보석 같은 곳. 동화 속에 나올 법한 귀엽고 로맨틱한 쉼터가 되어주는 그런 곳 말이다.

　손님이 없을 때면 조그만 테이블에 둘이 마주보고 앉아 카페에서 만든 음식을 나눠먹기도 하고 뜨개질을 하고 있는 모습이 너무나 평화로워 보여서 퇴근한 아내와 손잡고 집에 돌아가며 꼭 한 번은 들여다보게 되는 곳. 그러다 눈이 마주치면 환히 웃으며 손 흔들고 인사할 수 있는 곳. 카페에 별 관심이 없는 나조차도 꼭 한 번 들어가보고 싶게 만드는 곳. 오래오래 서촌 골목길에서 Ym커플을, 카페 Ym을 만나고 싶다.

05
- - - - - - - - - - - -
서촌 아이들의
작은 보석상자,
동학사童學社

西

村

方

向

얼마 전 신문기사에서 전 세계 어린이의 장래희망을 조사한 결과를 읽었는데 참 충격적이었다. 일본 여자아이들은 14년 내리 음식점, 케이크 가게 주인을 1위로 꼽았고, 남자아이들 희망에선 축구 선수가 야구 선수를 제치고 1위를 했다. 일본에서 야구 선수는 아이들의 장래희망 순위에서 1990년대 이후 열네 차례나 1위에 올랐다고 한다. 그에 비해 미국 어린이의 장래희망은 소방관과 경찰이었다. 미국 교육이 애국심과 영웅적 헌신을 강조하고, 소방관, 경찰, 군인의 희생에 정신적, 물질적 보상을 제대로 하기 때문이라고 한다. 그럼 과연 한국 어린이들은 어떨까? 1970년대 우리 어린이들의 희망 목록은 과학자, 판사, 교사, 예술가, 장관 순이었다. 그중에는 대통령도 있었다. 1980년대엔 교사, 의사, 과학자로 바뀌었고, 2007년부터는 줄곧 연예인이 1위를 차지했다. 2위는 공무원으로 연예인과 순위가 엎치락 뒤치락 한다고 한다.

나의 어린 시절을 돌이켜보면 자신의 꿈은 과학자라고 대답하는 아이들이 태반이었다. 초등학교에선 1년에 한 번씩 과학경진대회가 열렸고, 과학수업엔 AM/FM라디오를 만들어보는 시간이 있었고, 친구들끼린 생일선물로 최신식 프라모델 조립식 세트를 주고받았다. 남학생들은 무선 모형 자동차 한 대는 가지고 있어야 폼 좀 잡을 수 있었고, 아이들은 바람 좋은 날 아버지와 함께 글라이더를 만들어 한강공원에서 날렸다. 또 '과학상자'라는 제품이 선풍적인 인기를 끌어 누가 더 멋진 작품을 만드는지 경쟁을 벌였다. 하지만 설문조사 결과에서도 알 수 있듯이 지금의 아이들에게서 꿈이 과학자라는 말을 듣기 힘들어졌다. 하긴 부모가 먼저 아이가 돌잡이를 할 때 스포츠 선수, 판사, 의사, 아나운서, CEO가 되라고 하지, 세상의 미래를 만들어갈 과학자가 되어라! 라고 하지는 않는 세상이다.

호기심 가득한 어린이들의 작은 과학상자

엄마 손을 붙잡고 경복궁역을 지나다가 꼭 들러서 유리창에 코를 박고 한참을 구경했던 곳. 동학과학(구 동학사)은 내게 언제나 신비한 어린 시절의 단편이다. 동학사童學社는 이름 그대로 아이들의 배

어릴적 나의 상상력을 자극하고 꿈을 키우게 한 프라모델들.
그땐 정말 우주전쟁이 일어나면 당장 저 로봇과 무기들을 들고
지구를 구하리라 결심했었다.

잭 스패로우 선장이
저 범선 어느 갑판 아래에 숨어 있을 것 같다.

움을 위한 장소였다. 그곳에 가면 세상에 신기한 과학과 관련된 물건들은 다 있을 것 같았다. 동학사 낡은 간판 밑에 가득 놓인 모형들을 보고 있자면 뭔가 신비스런 일이 일어나지 않을까 하는 호기심이 발동했다. 특히 동학사의 상징인 진열장은 동네 아이들이 유리창에 코를 박고 한참을 구경하던 곳이다. 거기에서 프라모델 하면 빠질 수 없는 전차들의 모습을 볼 수 있었고, 암울한 미래도시를 놀라운 CG와 화려한 액션으로 묘사한 SF 블록버스터 영화의 대명사 〈터미네이터2〉 모형도 인기였는데 그건 지금도 남아 있다. 먼지가 쌓이고 때가 타서 오히려 중후한 멋이 느껴지는 범선 모형 또한 볼수록 매력적이다. 어린 시절 미니카가 유행이었을 때에는 매주 토요일마다 동학사 앞 공터에 타미야 트랙이 설치되었는데, 이때는 아이들이 정말 많이 모이곤 했다. 나도 〈달려라 부메랑〉이라는 만화를 보고서 형이랑 미니카 하나씩 구입해서 놀던 기억이 새록새록 난다.

박정희 대통령의 아들을 가르친 주인 할아버지

동학사 안에는 남자 아이들의 로망인 조립식 상자들이 사방으로 한가득 쌓여 있다. 빈 곳이라곤 전혀 찾아볼 수 없는 비좁은 공간이지만 책상 구석 한쪽에 놓인 옛날 사진들이 눈길을 끌었다. 시골에 가면 거울 틀 사이에 끼어 있던 빛바랜 사진들. 동학사를 설립한 할아버지의 어린 시절 모습이었다. 대부분 사진에 모형을 들고 있는 걸로 보아 어린 시절부터 과학을 매우 좋아한 것 같다. 특히 나의 눈길

예전 주인 할아버지의 흔적이 그대로 남아 있다.

을 끈 흑백 사진이 한 장 있었다. 할아버지가 젊은 시절 까까머리 아이들과 옹기종기 모여 찍은 이 사진은 놀랍게도 1966년에 박정희 대통령의 아들인 박지만 씨에게 모형 비행기를 날리는 법을 가르쳐 주는 사진이라고 한다. 과연 청와대 근처에서만 들을 수 있는 이야기가 담긴 사진 한 장이었다. 또 그 옆엔 1926년 우편기 조종사가 되어 비행술을 익힌 찰스 린드버그의 사진이 걸려 있었다. 대서양을 무착륙 비행하고 싶은 꿈을 가진 그가 1927년에 뉴욕을 이륙해 대서양을 건너 파리까지 무착륙 비행에 성공했을 때 조종한 비행기 '세인트 루이스의 정신Sprit of St. Louis' 앞에서 찍은 보도사진이었다. 낡은 액자 안에서 그의 꿈을 잠시나마 읽을 수 있었다.

　　동학사 설립자인 할아버지는 단순히 모형을 파는 상인이 아니었

현재 동학사의 주인. 설립자 할아버지의 정신을 이어오고 있다.

다. 그는 1960년대부터 금형을 직접 파서 행글라이더를 만들 정도로 비행의 꿈을 가진 열정적인 과학자였다. 당시 만든 행글라이더 모형은 동학과학을 대표하는 상표가 되었다. 하지만 할아버지가 연세가 많아 건강이 악화되고, 한편으론 아이들이 게임이나 컴퓨터 오락에 더 흥미를 가져 프라모델을 좋아하는 인구가 점점 사라짐에 따라 여러 가지로 운영에 어려움을 겪어 항간에 동학사가 문을 닫게 된다는 소문마저 돌았다. 하지만 다행히도 어린 시절부터 동학과학을 드나들며 오랫동안 정을 쌓아온 분이 할아버지의 부탁을 받고 대代를 이어 운영하게 되었다.

어린이 눈에는 모든 것이 크고 아름답다. 늘 놀라움, 신비로움, 호기심에 넘치며 진줏빛 광채로 반짝인다. 그래서 어린 시절은 지루

할 틈이 없다. 그런 어린이들에게 과학은 호기심을 더욱 자극한다. 아마 누구나 한 번쯤은 초등학교 수업시간에 상상화를 그려본 경험이 있을 것이다. 아이들의 상상화는 재밌게도 몇 가지 공통점이 있는데 배경이 거의 우주와 미래의 모습이라는 점이다. 우주왕복선, 해저도시, 인공태양, 하늘을 나는 자동차, 로봇…. 그 모습들은 과학에 기반을 둔다. 아이들에게 과학은 곧 꿈과 미래를 담는 상상의 원동력이다. 과학기술은 아이들이 꿈꾸고 상상하는 것을 현실로 만드는 밑거름이 되고, 문제를 고민하고 연구하고 직접 만들어보며 탐구와 도전정신의 초석이 세워진다. 어린이의 꿈은 시대와 사회를 반영한다. 동네 아이들에게 과학적인 꿈과 호기심을 심어주던 동학사가 앞으로도 오랫동안 늘 함께 있으면 좋겠다.

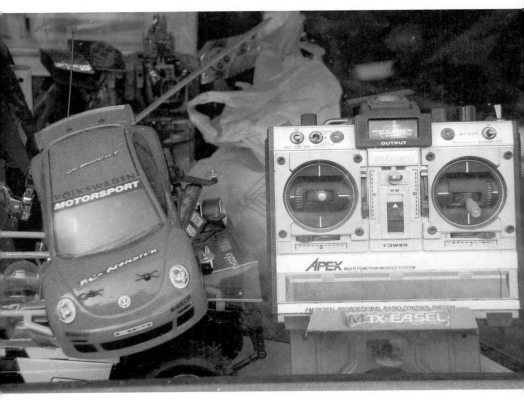

지금은 보기 힘든 구형 모델들도 동학사에 가면 만날 수 있다.

06
어머니처럼
푸근히 안아주는 곳,
인왕산

西

村

方

向

북촌과 서촌은 여러모로 비교가 많이 된다. 거주하던 사람들의 계층
은 전혀 달랐지만, 둘은 명칭도 비슷하고 무엇보다 예스러운 한옥과
골목이 잘 보존되어 있다는 점에서 비슷한 매력을 느끼는 것 같다.
하지만 자세히 뜯어보면 서로 다른 점이 많다. 가장 큰 차이점으로
무엇보다 나는 서촌에는 지역을 대표하는 자연, 인왕산이 있다는 점
을 꼽는다. 인왕산은 서촌을 대표하는 가장 큰 상징이다. 자연은 세
월이 흘러도 변치 않는다. 사람들에게 상처받고 지친 마음을 달랠 수
있는 건 자연이다. 기회가 될 때마다 주민들에게 동네에서 가장 좋아
하는 곳을 물으면 경복궁이나 청와대보다는 대부분 인왕산을 꼽았다.

인왕산은 경복궁, 청와대와 가장 가까이 있는 산이라 그런지 정치와 관련된 재미있는 이야기가 많다. 그중 대표적인 것이 조선의 개국공신 정도전과 무학대사가 조선의 새로운 수도의 위치를 정하기 위해 자리를 보러 다니다가 생긴 일화다. 무학대사는 인왕산을 주산主山으로 궁궐을 세워야 한다고 했으나, 정도전은 백악산이 좋다며 반대했다. 그는 무학대사가 추천한 위치는 동쪽이고 터가 너무 좁아 경복궁 위치로 적당하지 않다고 주장했다. 그러자 무학대사는 자신의 말을 듣지 않으면 200년 후에 큰 재난이 닥칠 것이라는 저주 같은 예언으로 정도전을 압박했지만, 결국 경복궁은 정도전의 고집대로 백악산을 등진 현재의 자리에 세워지게 되었다. 그런데 무학대사의 예언이 맞아떨어진 것인지 딱 200년 뒤에 임진왜란이라는 큰 전쟁이 일어났다고 하는데, 이건 뭐 믿거나 말거나.

예술가들이 사랑한 산

인왕산의 높이는 해발 338미터다. 한달음에 오르기에는 약간 벅차고, 등산복 제대로 갖춰 입고 오르기에는 낯간지러운 애매한 높이다. 인왕산을 오르는 코스는 여러 가닥이다. 어느 쪽으로 오르든 한 시간 남짓이면 정상에 서고 두 시간 정도면 산행을 끝낼 수 있다. 몸풀기에 딱 좋은 정도다. 하지만 산 전체가 화강암으로 구성되었고 구간에 따라 경사도 매우 가파르기 때문에 만만하게 볼 수만은 없다. 높이는 낮지만 산세가 험한 편이고 군데군데 바위가 많아 우리나라

초기 산악인들의 좋은 등반 훈련장이었다고 할 정도니 말이다. 인왕산은 1968년 발생한 김신조 일당 무장공비 침투사건으로 출입이 전면 통제되었다. 간첩들이 청와대를 습격하기 위해 인왕산 옆 산길로 질러왔기 때문이다. 그 후로 25년 동안 평온한 잠을 잔 인왕산은 김영삼 정권 시절인 1993년 3월 25일 다시 일반인에게 개방되었다. 당시 초등학생이던 나는 인왕산이 재개방되던 날, 바글바글한 사람들 틈에 끼어 아버지의 손을 잡고 처음으로 정상에 올랐다. 동네 어르신들 말씀을 들어보니 예전에는 나무가 거의 없는 헐벗은 산이었

건물 옥상에서 올려다본 인왕산.

는데 지금은 숲이 대단해졌다고 한다. 그 뒤 인왕산은 2007년에 '서울시 생태경관 보전지역'으로 지정되었다. 수려한 자연경관을 이유로 보전지역으로 지정하는 것은 인왕산이 전국에서 처음 있는 일이라고 하니, 인왕산의 경치는 나라에서도 인정한 셈이다.

인왕산은 능선을 기준으로 종로구 쪽에 해당하는 옥인동, 누상동, 사직동과 서대문구 쪽에 해당하는 무악동, 홍제동, 부암동에 걸쳐 있고 능선을 따라 성곽이 이어진다. 같은 인왕산이지만 매력이 서로 다르다. 서대문구 쪽은 오르는 재미가 있다. 때문에 인왕산 가까이로 사람이 많이 몰린다. 그래서인지 서대문구가 종로구보다 '인왕'이라는 브랜드를 적극적으로 쓰고 있다. 인왕사, 인왕아파트, 인왕초등학교 등등 인왕을 브랜드로 한 건물들은 몽땅 서대문구 쪽에 있다.

인왕산의 봄, 여름, 가을, 겨울.

쪽에 있다. 그에 비해 서촌 쪽은 보는 재미다. 흔히 말해 비주얼이 좋다. 그래서 대대로 인왕산을 주제로 작품을 남긴 예술가들은 서대문 쪽 풍경을 크게 쳐주지 않던 것 같다. 겸재 정선의 '인왕제색도'부터 오용길 한국화가의 '인왕산' 시리즈까지 예술가들이 동경하고 주제로 삼아 작품으로 승화시킨 곳은 전부 경복궁 쪽에서 바라본 모습이다. 예술에 조예가 없는 내가 봐도 서대문 쪽은 한마디로 인왕산만의 운치가 없다. 반면 경복궁 쪽에서 바라보는 인왕산의 모습은 감탄이 절로 나온다. 소나무와 화강암의 조화로 이뤄진 인왕산의 늠름한 모습과 매력을 한껏 만날 수 있다. 지금까지 인왕산을 주제로 한 회화 작품 중 (그동안 내가 본 것 중에서는) 유일하게 정선의 제자뻘인 강희언이 그린 '인왕산도'만 구도를 홍제동 쪽에서 잡았는데, 이에 대해 최정호 연세대 교수는 "강희언의 '인왕산도'는 잘못 '앵글'을 잡은 인왕산의 사진처럼 전혀 인왕산 같지가 않다"고 평가절하 했다.

인왕산은 사계절이 다 아름답지만 특히 눈 내리는 겨울에 바라보는 풍경은 그야말로 한 폭의 동양화다. 인왕산을 배경으로 그림을 그린 대표적인 화가 중에 오용길 교수가 있다. 그는 이화여대 명예교수며 평단에서 '정선의 진경산수화 정신을 현대적인 감각으로 승계했다'는 호평을 받는, 한국을 대표하는 한국화가 중 한 명이다. 그분의 작품 중 '인왕산'이라는 작품이 있는데, 국립현대미술관에서 이 작품을 접하고 마치 겸재 정선의 것을 봤을 때와 같은 감동과 충격을 받았다.

마침 얼마 전에 오용길 교수의 열여덟번째 개인전시회가 예술의 전당 한가람 미술관에서 열린다는 소식을 듣게 되었다. 나는 만삭인 아내를 데리고 다음 날 바로 미술관으로 향했다. 이번 전시에도 역시 인왕산을 배경으로 한 대작이 세 점이나 전시되어 있어서 감탄을 금치 못하며 눈을 뗄 줄 모르고 감상을 했고, 운 좋게도 오용길 화가를 직접 만날 수 있었다. 그는 스스로를 거리낌 없이 '환쟁이'로 낮춰 부르는 겸손한 분이었다.

손님맞이로 바쁜 가운데도 내가 작품에 관심을 가지고 여러 가지를 묻자 이런저런 얘기를 들려주었는데, "특별히 인왕산을 자주 그리는 이유가 있는지?"라는 나의 질문에 "인왕산은 바라볼 때마다 뭔가 확 빠져드는 매력이 있다. 산 중에서도 한국화로 표현하기에 아주 아름다운 산인데, 국내 화가들이 별로 그리지 않는 이유를 모르겠다"
며 그림으로 남기는 이유와 후배들에 대한 아쉬움을 표현했다.

사람을 품는 산

평소 서촌에 많은 애정을 가지고 있기로 소문난 임형남 건축가
는 인왕산에 대해 "어머니 같은 산이다. 높이가 그리 높지도 않으면
서 기세가 강하고 사람이 들어가면 언제나 푸근히 안아주기 때문이
다"라고 말했다. 나 역시 그 말에 전적으로 동감한다. 실제로 인왕산
은 많은 사람들을 안아주었다. 인왕산이 사람을 모질게 내치는 곳이
었다면 아마 자살을 기도하는 사람들에게 명당으로 알려져 줄을 섰
을 것이다. 2000년대 IMF 금융위기 이후 수많은 실직자들이 인왕산
에 올랐다. 당시 대학생이었던 나는 수업이 없는 날 심심할 때면 인
왕산에 올랐는데, 양복을 입은 아저씨들이 벤치에 오밀조밀 앉아서
담배연기를 하늘로 뿜는 모습들을 봤다. 말없이 도시락을 까먹는 사
람도 있었고, 훌쩍이는 사람도 있었다. 또 청바지를 입은 어떤 학생
이 인왕산 바위에 앉아 시내를 말없이 한참 동안 내려다보는 모습도
봤다. 그들은 산을 올라온 게 아니라 위로를 받고 있었던 것이다.

돌이켜보니 나도 인왕산에게 위로를 받았다. 1년 전 나는 모든
게 활발하고 건강할 젊은 나이에 돌연 결핵 판정을 받았다. 내가 쌓
아온 모든 것이 와르르 무너져 내리는 순간이었다. 그 후 6개월의 지
루한 약물복용과 재활치료가 이어졌다. 가장 혈기왕성한 시기에 일

상을 포기하고 6개월을 버티는 건 그동안 부지런히 살아온 나 자신을 무력하고 한심하고 답답하게 느끼게 하기 충분한 시간이었다. 하지만 그렇다고 치료를 포기할 수도 없었기에 나는 점심 때마다 인왕산을 올랐다. 결핵이라는 독한 균이 인왕산의 맑은 공기로 인해 씻겨 나가길 바랐고, 한편으로는 바쁜 일상을 사는 사람들을 외면하고 싶었다. 조용하고 느리게 시간이 가는 인왕산에서 머리를 비우고 건강을 되찾고 싶었던 것이다. 인왕산은 그렇게 지치고 힘든 나를 아무 말 없이 받아주고 안아주었다. 나는 그때 비로소 인왕산은 오르는 산이 아닌 위로를 받는 산임을 깨달았다. 그 길고 지루하고 처절한 시간들은 다시 생각하기도 싫고 경험하기도 싫지만, 만약 인왕산이 없었다면 나는 어디서 위로를 받아야 했을까?

인왕산은 화강암으로 이루어진 바위산이지만, 다른 바위산들과 달리 악岳 자를 쓰지 않는다. 한문으로 인왕의 인은 '인자하다, 사랑하다, 불쌍히 여기다'라는 뜻을 가진 어질인仁이다. 선조들의 놀라운 통찰력과 기가 막힌 작명에 감탄을 금치 못한다. 우리에게 인왕산이 있어 참 다행이다.

인왕산 정상에서 바라본 서울 시내의 풍경.

인왕산 치마바위에 앉아
말없이 한참 동안 시내를 바라보고 있던 청년.
그는 무슨 생각을 하고 있었을까?

07

인왕산 아래
깊고 푸른 동네,
옥인동, 수성동 계곡

낡고 오래된 단층주택, 연립, 빌라들이 옹기종기 모여 인왕산 기슭에 한적하게 자리 잡고 있는 동네가 있다. 먼발치로는 남산과 시내가 한 눈에 보이고 뒤로는 인왕산이 아름다운 병풍처럼 펼쳐져 있다. 산에 서는 소음이 사라지고 아름답게 지저귀며 노래하는 새소리만 들린 다. 이 동네에 들어서면 삶에 지친 사람들을 편안하게 흡수하는 느낌 을 받는다. 엄마의 마음처럼 포근한 동네, 바로 옥인동이다.

옥류동천과 인왕산과의 만남

옥인玉仁이란 지명은 1914년 행정구역 통폐합에 따라 옥류동玉流

洞과 인왕동仁王洞이 합쳐지며 각각 한 자씩 따서 지어진 이름이다. 옥류동은 옥빛처럼 맑은 물이 흐르는 동네라는 뜻이다. 실제로 동네의 이름을 따 옥류동천玉流洞川이라 불린 개울이 있었는데 안타깝게도 현재는 도로, 집 등으로 복개되었다. 옥류동천 맑은 계곡에 인왕산 깊고 푸른 산이 만난다는 아름다운 뜻만큼이나 옥인동이란 이름은 어감에서도 맑고 깨끗한 느낌이 난다. 더 나아가 옥인을 영어로 쓰면 ok-in이다. "그래(ok), 아무 말 하지 말고, 그저 들어와(in) 쉬고 가"라고 손짓한다고 해석하면 너무 엉뚱한가? 어쨌든 자연이 주는 편안함과 영감 때문이었는지 수많은 예술가들이 옥인동을 사랑했고 시와 노래, 그림으로 표현했다. 시인 윤동주가 젊은 시절을 보냈고, 화가 이중섭이 최초의 전시회를 준비했으며, 조선시대의 천재 화가 겸재 정선이 사랑한 수성동이 있는 곳 옥인동에는 예술과 문화, 역사의 흔적들이 곳곳에 남아 있다.

옥인아파트의 추억

인왕산 밑자락 서울 종로구 옥인동 옥인아파트 입구. 옥인동의 대표적인 장소라고 하면 옥인아파트를 빼놓을 수 없다. 옥인아파트는 1969년 박정희 대통령 정권 시절 남산자락에 있는 회현 시범아파트와 같은 시기에 지어진 초창기 시범아파트다. 당시는 아파트라는 건축양식이 귀해서 많은 연예인들과 부유층들이 살았다고 한다. 특히 옥인아파트는 청와대와 가까워서 많은 정치인들이 살던 곳이기

수성동 계곡 올라가는 길에서 만날 수 있는 옥인동의 풍경들.

철거되기 전 옥인아파트의 모습.
건축학적이나 역사적으로도 의미가 깊은 곳인데
한 동 정도는 남겨도 좋았을 것 같다는 생각이 든다.

도 하다. 총 아홉 개동으로 인왕산으로 이어지는 언덕 위에 자리 잡은 옥인아파트는 주변 계곡과 바위 등 자연의 모습을 그대로 살리는 형태로 지어졌다. 그 덕분에 아파트 구조와 평수도 제각각이고 마땅한 주차장도 없어 혼잡한 모습이었지만 아파트 주변 풍경만은 기가 막혔다. 조선시대 진경산수화로 이름을 널리 알린 겸재 정선이 '수성동 계곡'이라는 풍경화의 배경으로 삼을 정도였으니 말이다. 앞으로는 시내가 한눈에 내려다보이고 주변에는 인왕산의 자연이 그대로 담겨 있었다. 사시사철 계곡에 물이 흐르고 새가 지저귀며 인왕산의 아름다운 자연과 어우러진 옥인아파트는 인공적으로 공원을 조성하고 분수를 설치하는 요즘 아파트 단지에 비하면 비록 건물은 허름했을지라도 환경만은 최상급 별장에 견주어도 손색이 없었다.

결코 평범하지 않은 풍경을 자랑하는 옥인아파트 터에는 나의 어린 시절 이야기들이 고스란히 숨어 있다. 가파른 옥인아파트 입구에 서서 숨을 고르며 주위를 둘러보면 잊고 있던 옛 기억이 새록새록 떠오른다. 옥인아파트가 있는 곳이 큰골이라고 인왕산에서 가장 큰 계곡이다. 그리고 아파트 뒤쪽에 보이는 하얀 바위를 미끄럼바위라고 불렀다. 어릴 적에 늘 그 바위 위에서 미끄럼을 타고 놀았다. 밥만 먹고 나면 산으로 올라가 시간을 보냈다. 인왕산에서 옥인아파트까지 흐르던 계곡에서는 올챙이, 가재와 물방개를 쉽게 잡을 수 있었다. 그만큼 인왕산 골짜기엔 깨끗한 물이 넘치도록 흘렀다. 청계천의 발원지도 이곳이라고 전해진다. 그래서 옥인아파트는 그 자체로 아이들에게 큰 생태공원이었고 놀이터였다. 계곡 밑에선 옥인아파트 주민들이 빨랫방망이를 두들겼다. 사람들은 그렇게 나름의 방법으로 옥인아파트 주변을 만끽했다.

서촌에 살던 꼬마아이들은 그곳에서 정말 재미나게 놀았다. 그 중 가장 기억나는 건 옥인아파트에서 가장 높은 곳인 1, 2동에 있던 인왕산 계곡에서 흐르는 신기한 천연수영장이었다. 수영복을 입고 튜브를 가지고 가서 입장료를 내고 들어가는 소독약 냄새가 가득한 수영장이 아닌, 토요일 학교 수업이 끝난 후 팬티만 입고 꼬마 어린이들이 누구나 모여 왁자지껄 자유롭고 신나게 물장구를 치던 곳이다. 한쪽 바위에서는 다이빙 하는 형들, 신나는 듯 까르르 소리치며 수줍게 물장구를 치는 어린 소녀들, 구석에서 몸을 부르르 떨며 볼일을 보는 개구쟁이들까지. 여름이면 수영을 하고 겨울이면 썰매를 타는 아이들로 옥인아파트 수영장은 늘 만원이었다. 그땐 신종플루도 몰랐고 학원도 몰랐고 그저 신나게 논 기억밖에 없다. 옥인아파트 수영장은 지금도 동네 친구들과 추억을 얘기할 때 빠지지 않고 등장하는 단골명소다.

하지만 그렇게 물 많던 골짜기가 어느 때부터 물이 마르기 시작했다. 내가 기억하기로는 아마 인왕산이 개방되기 시작하면서부터인 것 같다. 그동안 군사지역으로 입산이 통제된 인왕산은 1993년 일반인에게 개방되었고, 사람들의 출입이 잦아진 인왕산의 계곡물은 금

세 더러워졌다. 가재와 물방개는 어디론가 흔적을 감췄고, 옥인수영
장도 물이 마르더니 이내 사라졌다. 많은 주민들이 안타깝게 여겼지
만 소중한 자연이 변하는 건 순식간이었다. 그리고 얼마 전 옥인아파
트가 철거되며 나의 어린 시절도 함께 사라졌다.

조선시대 천재 화가 겸재 정선이 사랑한 동네

옥인아파트 일대는 조선시대에는 수성동水聲洞으로 불렸다. 문화
재청은 홈페이지를 통해 "수성동은 빼어난 풍경 덕분에 조선시대 역
사지리서인《동국여지비고》,《한경지략》등에 '명승지'로 소개되고,
겸재 정선의 '수성동' 회화에도 등장했다"라고 소개하고 있다. 특히
옥인아파트 9동 뒤에 있는 돌다리는 겸재 정선의 그림에도 등장하는
'기린교'다. 여기서 기린은 목이 긴 그 기린이다. 기린교는 국내에서
유일하게 원래의 위치에 원형 보존된, 다듬지 않은 통돌로 만든 제일
긴 다리라는 점에서 교량사적으로 매우 가치가 있어 화제가 되었다.
기린교는 수백 년의 세월을 거쳐 1950년대까지 존재하다가 1960년
대에 옥인시범아파트를 건립하면서 없어진 것으로 알려졌는데, 운이
좋았는지 2007년 대통령 경호실이 청와대 부근의 문화유적을 조사
하는 과정에서 옥인시범아파트 옆 계곡 암반의 벽 사이에 남아 있는
것을 확인했다. 이로 인해 서울시는 옥인아파트 일대가 당시의 수성
동 풍경을 오늘날에도 그대로 유지하고 있으므로 '전통적 경승지'로
보존할 만한 가치가 있다고 판단하여 서울시 기념물로 지정했다. 회

화 속에 등장하는 풍경 자체가 문화재(서울특별시 기념물 제31호)로 지정되는 건 처음 있는 사례라고 하니 동네의 큰 영광이 아닐 수 없다. 결국 옥인아파트는 도시녹지계획시설의 일환으로 철거가 결정되었고, 주민들에게 보상을 마치고 현재는 수성동 계곡을 예전 모습으로 복원하고 있다.

인왕산 밑에 병풍처럼 자리 잡고 있던 옥인아파트는 현재 가림막이 쳐진 채 공원 조성을 위한 철거 및 정비 공사가 한창이다. 그 커다란 아파트들이 어떻게 이렇게 순식간에 흔적도 없이 사라질 수 있을까? 놀랍기도 하고 무섭기도 하다. 아파트가 사라지며 주민들은 자연스레 동네를 떠났지만, 남아 있는 주민들은 이곳을 여전히 '옥인아파트 입구'라고 부르며 단단한 존재감을 기억하고 있다. 세월이 흘러도 변함없이 아름다운 옥인동. 나의 유년시절 추억이 사라진 건 아쉽지만 수성동의 복원으로 예전의 모습을 찾을 예정이라 앞으로 더 많은 사람들에게 사랑 받을 거라 기대되는 곳이다.

2012년 7월 개방한 복원된 수성동 계곡의 모습.

아름다운 서촌 사람들

서촌을 사랑한 일본인, 사토 카요미

사실 '서촌'이라는 명칭은 이곳에 사는 주민들 사이에서도 많이 낯설다. 그동안 주민들은 주로 '효자동 일대, 경복궁 일대' 등으로 써오고 불러왔기 때문이다. 이 '서촌'이라는 지명이 유명해지고 알려지게 된 계기를 꼽으라면 아마 일본의 영향이 크지 않았나 싶다. '서촌'이라는 명칭을 가장 많이 알고 있는 나라가 일본이기 때문이다. 내가 지금껏 본 일본 여행 책자에는 하나같이 이 지역을 西村^{니시무라}라고 표기하고 있다. 아마 한자를 쓰는 일본에서 이 표기가 더 쉽고, 역사와 전통이 느껴진다는 점에서 북촌과 비슷해 이해하기 쉽게 잘 쓰이는 것 같다.

경복궁역을 지나다니다 보면 근처에서 지도를 들고 방황하는 일본인 관광객이 참 많다. 대부분 대통령이 즐겨 먹었다는 것으로 유명한 서촌의 어느 삼계탕집을 찾아가는 사람들이다. 서촌에는 그곳 말고도 맛집이 많은데도 유독 그 집만 일본인 관광객이 붐빈다. 일본인이 삼계탕을 좋아하는 특별한 이유가 있는 걸까? 일본에는 보신문화가 한국보다 많이 발달하지 않아서 멍멍이 영양탕보다 훨씬 대중적인(?) 삼계탕을 좋아한다는 얘기도 어디선가 들었던 것 같다.

일본인은 일을 할 때 대부분 자료나 정보를 철저하게 수집하는 스타일이라고 한다. 일본 야구를 철저히 분석하고 조사한다고 해서 '현미경 야구'라고 부르지 않나. 그런데도 유독 서촌을 찾는 일본인들이 그 삼계탕집 한 곳만 가는 것을 보면 들고 다니는 지도나 팸플릿에 나오는 서촌자료들이 비슷비슷한 모양이다. 아무리 그래도 '서촌에 오면 왜 다들 똑같은 곳만 갈까? 더 좋은 곳도 많은데…' 하고 서촌에 오래 살고 이런저런 사정을 잘 알고 있는 사람으로서 늘 아쉬운 마음이 들었다. 그러다 '그렇다면 내가 더 엄선된 자료와 자세한 지역 정보를 사람들에게 알려줘야겠다!'는 아주 단순한 생각에서 시작한 게 바로 효자동닷컴(http://hyojadong.com)이라는 블로그다. 그 후 2009년 4월, 나의 서촌&효자동 지역사랑 프로젝트는 그렇게 문을 열었다.

효자동닷컴과 카요미

당시에 다니고 있던 직장생활보다 블로그를 더 열심히 했기 때문일까? 효자동닷컴 사이트가 서촌을 사랑하는 많은 사람들에게 사랑을 받게 되었고, 그 덕분에 일본에 유명한 한국 관련 웹진인 코네스트KONEST에도 소개가 되는 영광을 누렸다. 사토 카요미는 바로 그 코네스트 기사에서 날 처음 알게 되었다고 한다. 그녀는 원래 한국에 관심이 많아 평소에 한국어를 배우고 있었는데, 코네스트를 통해 사이트를 알게 되어 좀 더 자세한 정보를 보고, 사이트에 적혀 있던 내 이메일 주소로 편지를 보내 펜팔을 신청했다. 나도 평소 일본 드라마나 노래를 즐겨 들으며 일본이라는 나라에 대해 호감이 있었고, 이렇게 서촌에 관심을 가진 일본인이 있다는 게 반갑고 고마워서 흔쾌히 펜팔을 시작했다. 카요미는 한글을 제법 능숙하게 쓸 줄 알고 있었기에 의사소통에 크게 어려움은 없었지만 가끔씩 틀리는 부분이 있으면 한국어를 가르쳐주기도 했다. 내 인터넷상의 필명은 '각설탕'인데, 카요미의 성姓인 '사토'가 한자는 다르지만 한국어로 설탕이라고 알려줘서 사토와 각설탕의 만남이 참 재미있는 인연이다 싶고 그래서인지 새삼 더 반가웠다.

내가 서촌에 대해 알려주듯이 카요미도 나에게 일본에 대해 알려줬는데, 일본 여성들은 한국의 예쁜 카페에 대단히 관심이 많다는 것도 알게 되었다. 그래서 그동안 서촌의 오래된 맛집이나 소식들만

카요미와 함께 청와대 사랑채 앞에서 한 컷.

올리다가 카요미와 혹시나 효자동닷컴을 볼지도 모르는 일본인 방문객들을 위해 서촌 카페 정보도 많이 올리게 되었다. 그러다 드디어 카요미가 휴가를 이용해 한국을 방문하게 되었고 서촌에서 처음으로 일본인 친구를 만날 수 있었다. 나는 드디어 기회가 왔구나 싶어 그녀를 가이드북에는 전혀 나오지 않는 곳으로 안내했다. 저녁은 일본인이 가득한 삼계탕집이 아닌, 금천교시장 안에 있는 한국 사람만 가득한 체부동 잔칫집에 데려가서 막걸리에 부침개와 국수를 안주 삼아 대접하고, 2차로는 음악감상실인 'LP시대'에 가서 추억의 옛날 팝송을 들었다. 카요미가 여행을 마치고 일본으로 돌아가서 보낸 메일에는 "보통 여행으로는 가지 않는 가게에 데리고 가줘서 감사합니다"라고 쓰여 있었다.

더욱 각별한 인연으로

우리 부부에게 카요미는 더욱 각별하게 느껴질 수밖에 없는 이유가 있다. 카요미는 대부분의 일본인처럼 조용하고 내성적인 성격이지만 사람과의 인연을 소중하게 생각하는 사람이다. 한국과 일본이 서로 가깝다고는 하지만 그래도 비행기 타고 건너와야 하는 나라인데도, 나의 결혼식에 기꺼이 휴가를 내고 참석해주었으니 우리 부부가 카요미에게 가지는 고마운 마음은 말로 표현할 수 없다.

어떻게 이 마음을 보답할까 싶어서 아내와 상의를 한 뒤 카요미가 다음에 올 때는 우리 집에서 묵을 수 있도록 부탁하기로 했다. 카요미는 그동안 한국에 오면 늘 게스트 하우스에서 묵었는데 우리 집에서 묵으면 게스트 하우스에 드는 비용도 아낄 수 있고 식사나 여러 가지 한국식 가정 문화도 보여줄 수 있을 것 같아서 내린 결정이었다. 카요미는 실례가 되지 않을까 걱정하며 거절했지만 나와 아내의 끈질긴 부탁에 못 이겨 이번에 한국을 찾았을 때 우리 집에서 이틀간 머물게 되었다. 아내는 한국 음식 중에 잡채를 좋아하는 카요미를 위해 잡채를 만들어 대접했고, 나는 그동안 카요미가 가보고 싶었지만 기회가 없었던 서울성곽과 북악스카이웨이에 데려갔다. 그렇게 우리는 더 깊은 우정을 쌓고 좋은 추억들을 만들어가고 있다.

카요미의 트위터 프로필엔 항상 '한국, 잡화점, 카페 그리고 서촌'이라고 쓰여 있다. 그녀가 이렇게 소중히 하고 가슴 깊이 그리워하는 곳에서 만약 진짜로 살게 된다면 행복해하지 않을까? 내가 농담반 진담반으로 카요미에게 (나처럼) 서촌에서 남자친구 만나 결혼해서 가까운 곳에서 살았으면 좋겠다고 얘기하니 카요미가 "에이, 과연 그럴 수 있을까요?"라고 무리인 듯 얘기했지만 왠지 진짜로 그렇게 된다면 싫지는 않은 표정이었다. 나 역시 카요미 같은 소중하고 좋은 인연이 서촌에서 모여 살며 자주 얼굴 보고 어울릴 수 있으면 참 행복할 것 같다는 생각을 해본다.

나의 아들 도호를 안은
카요미.

서촌에서 만난 내 아내

인왕산 산기슭에 따뜻한 새싹이 피어나던 2010년 3월 봄, 나는 우연히 KBS 다큐3일 〈서촌〉 편에 출연했는데 인터뷰 마지막에 꿈이 뭐냐고 묻는 기자의 질문에 나도 모르게 이렇게 얘기했다. "내 꿈은 서촌을 사랑하는 사람과 행복하게 사는 것이다." 남들이 들으면 배우자를 그런 식(?)으로 만나려고 하냐며 혀를 찰지도 모르는 기준이다. 하지만 1년 후, 놀랍게도 그 꿈은 현실로 이뤄졌다.

사실 이 동네를 찾는 사람들에게서 일종의 공통점, 그들만의 특징을 발견할 수 있다. 어떻게 얘기하면 좀 촌스럽고 어떻게 얘기하면 순수하다고 해야 할까? 뭐든지 정신없이 빨리 돌아가는 서울 시내에서도 유난히 천천히 흘러가는 동네인 서촌에는 그런 성격이나 비슷한 라이프스타일을 가진 사람들이 모여드는 것 같다. 나는 이걸 '서촌스럽게' 살아간다고 표현하고 싶다.

이런 '서촌스러운' 성격은 같이 살아가는 삶에도 많은 도움이 된다. 우리 집엔 신혼집 혼수장만 1위라는 벽걸이 TV와 그 흔한 컴퓨터도 없다. 대신 자주 얼굴을 마주보고 산책을 하고 얘기를 나눈다. 정 TV를 보고 싶을 땐 작은 DMB를 창문에 올려놓고 벽걸이 TV(?)를 만들어서 본다. 아내는 스마트폰을 쓰기는 하지만 디지털 문화와는 거리가 먼 사람이다. 요즘 세상에도 손뜨개를 좋아하고 조용히 마시는 커피를 사랑한다. 요새 들어 멋지고 비싼 레스토랑이 서촌 곳곳에 생기기도 했지만, 전통이 오래된 동네이다 보니 일상적인 삶의 근간은 역시 시장이다. 아내는 인터넷 쇼핑보단 시장에서 장 보는 걸 생활의 낙으로 생각하고 퇴근길에 통인시장에 들러 두부 한 모, 콩나물 한 줌 사오는 걸 즐긴다. 가녀린 외모와는 달리 떡볶이와 순댓국을 무척 좋아하는 것도 서촌과 궁합이 잘 맞는다.

서촌에서의 첫 만남

아내를 처음 본 건 서촌에 있는 커피공방이라는 카페였다. 나는 그곳에서 아는 사람과 약속이 있었고, 아내는 한쪽에서 커피 이론 수업을 받고 있었다. 처음엔 그냥 '우리 동네에 저런 사람도 있었나? 참 고운 사람이다' 싶었는데 알고 보니 그녀는 서촌이 아닌 한강 건너편에 살고 있었고, 놀랍게도 단지 서촌이 좋아 퇴근하고 여기까지 와서 커피 수업을 받고 있었던 것이다. 게다가 서로 모르고 있던 시절부터 내가 운영하고 있는 서촌라이프 온라인 커뮤니티에도 가입한 사람이 었으니 아내 역시 나만큼이나 서촌 사랑이 만만치 않았다고 볼 수 있다. 커피숍에서 스쳐 지나간 후 다시 만날 줄 몰랐던 인연이었지만, 우연히 서촌라이프 정모에서 다시 만나 정식으로 인사를 나누게 되었다. 서로 "어디서 본 것 같은데…"라는 말을 시작으로 스쳐갔던 만남의 기억을 더듬어보고 정모에서 옆자리에 앉았던 인연으로 점점 친해지게 되었다.

'서촌스러운' 데이트

첫 데이트 역시 지금 생각해보면 참 서촌스러웠다. 우리의 첫 데이트 장소는 서촌에 있는 서울교회였다. 이 얘기를 들으면 무슨 교회에서 데이트를 하냐고 생각할지 몰라도, 서울교회는 내가 아는 한 서촌에서 제일 로맨틱한 장소다. 우선 서촌에서 여기저기를 산책하며 갈 수 있는 곳이라 접근성도 좋고, 앞마당에 시내에서는 보기 드문 종탑이 있어 분위기가 이국적이고, 무엇보다 서촌 경치를 한눈에 가장 멋있게 볼 수 있는 곳이다. 하지만 다소 높은 곳에 있어서 평소 걷는 걸 좋아하지 않거나 하이힐을 즐겨 신는 애인이라면 미리 운동화

를 신고 오라고 귀띔해주는 센스가 필요한 곳이기도 하다.

데이트하며 먹은 음식 또한 가관이었다. 대부분 첫 데이트에선 양식이나 파스타를 먹는 게 정식이지만, 나는 동네 맛집인 영광통닭에서 통닭을 한 마리 사가지고 올라갔다. 우린 서울교회 앞에 놓인 벤치에 나란히 앉아 서촌을 바라보며 영광통닭을 뜯는, 서촌에서만 즐길 수 있는 호사스런 데이트를 즐겼다. 아내 역시 그런 꾸미지 않은 내 모습이 싫지 않았다고 했으니 나의 서촌스러운 데이트는 대성공이었다고 볼 수 있다. 그리고 두 달 뒤, 나는 서촌에서 가장 고급스러운 레스토랑에서 서촌의 아티스트가 디자인한 소박한 꽃반지로 아내에게 프러포즈를 했다. 결국 내가 인터뷰에서 얘기했던 바람대로 우리는 서촌에서 부부로서 보금자리를 꾸미고 한집에서 살게 되었다. 아내를 만나게 해준 건 서촌이었음을 생각할 때마다 서촌에 대해 더욱 고마운 마음을 갖게 된다.

얼마 전에 결혼 1주년을 맞이했다. 그동안 내가 좋아하는 일 한 답시고 하고 싶은 거 다 하고 사느라 모아둔 돈도 없고, 마땅히 살 집도 없었다. 그렇다고 안정적이고 번듯한 직장도 없는데 엎친 데 덮친 격으로 결핵에 걸려 병원에 입원해 6개월의 치료기간 동안 반송장처럼 지냈다. 투병기간 중에 결혼식을 올리는 바람에 진통제를 두 알먹고 나서야 식을 마칠 수 있었다.

나는 서촌에서 아내를 만나기 전까지 아무것도 없었고, 아무것도 아니었다. 배우자감의 사회적 기준으로 보자면 나는 하자 중에서 최악의 하자였다. 그런데도 나와 기꺼이 같이 살겠다며 내가 자취하는 서촌의 반지하 2평짜리 단칸쪽방에 바리바리 짐을 싸들고 온 여자가 있다. 동네에서 산 2만 원짜리 반지로 프러포즈를 했는데 눈물 흘리며 결혼을 승낙해준 여자가 있다. 그리고 너무나도 예쁜 아이를 낳아준 여자가 있다. 나는 그 여자에게 평생 고마워하며 살아야 한다.

만약 내 인생이 조금이나마 빛나 보인다면, 그건 전부 내 아내의 사랑과 헌신 덕분이다. 새벽에 아이에게 젖을 먹이고 있는 아내를 바라보면 내가 이렇게 행복해도 되는 건가 싶어 눈물이 날 정도로 가슴이 벅차오를 때가 있다. 정말 고맙다고, 사랑한다고 아내에게 고백한다.

시간이 유난히 느리게 흘러가는 동네, 서촌. 그곳에선 기다릴 줄 알고 작은 것도 기뻐할 줄 아는 것이 가장 서촌스러운 삶이고, 가장 아름다운 삶이 아닐까? 나의 아들에게도 부디 서촌 같은 여자를 만나라고, 훗날 그렇게 얘기해주고 싶다.

　　덧붙이자면 낭만적이면서도 참신한 프러포즈 장소를 찾는 분들에게 365일 사람들로 북적이는 남산타워나 흔한 이태리 레스토랑보다 조용하고 고즈넉하면서도 쉽게 보기 힘든 종탑과 함께 서울 시내가 한눈에 보이는 이국적이면서도 환상적인 풍경을 가진 서촌의 서울교회 종탑을 추천해드리고 싶다. 그곳에서 보이는 당신의 모습은 장담컨대 훨씬 특별하고 로맨틱할 것이다.

서울 시내가 한눈에 내려다보이는 서울교회.

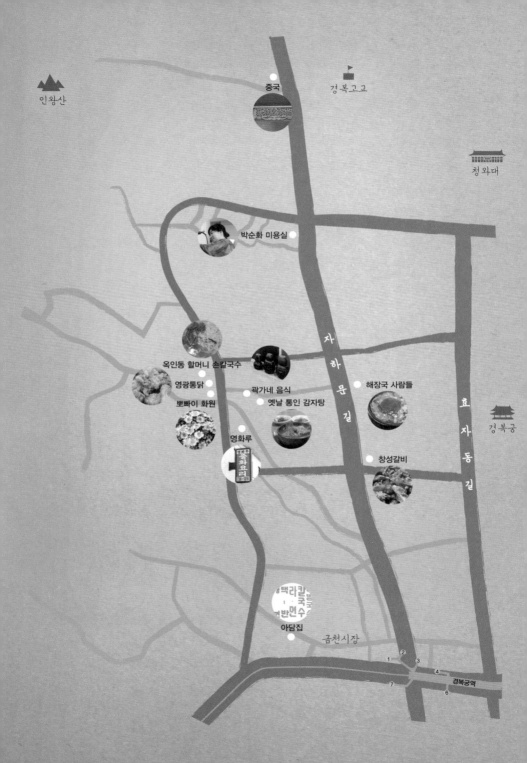

인왕산

중국

경복고고

청와대

박순화 미용실

자하문길

효자동길

경복궁

옥인동 할머니 손칼국수

영광통닭

곽가네 음식

해장국 사람들

뽀빠이 화원

옛날 통인 감자탕

영화루

창성갈비

백라칼국수

아담집

금천시장

경복궁역

三〇 입으로 즐기는 맛있는 서촌

01
요리사의
자부심이 느껴지는
중국

西

村

方

向

중국음식점 하면 주로 철가방 휘날리며 바람처럼 배달하는 모습을
습관적으로 연상하게 된다. 그렇지만 간혹 배달도 안하고 가게에 직
접 가서 먹어야만 하는 중국집들이 있다. 그런 곳은 대부분 오로지
맛으로만 승부하는 곳이라 봐도 무방할까? 야박하다 싶을 정도로 절
대 배달은 하지 않고 매장 손님만 받으면서, 영업시간도 오전 11시
부터 오후 7시까지, 심지어 그전에 재료가 떨어지면 영업종료! 이렇
게 가게 운영에서부터 주인장의 철저한 고집과 철학이 느껴지는 곳,
모 일간지에서 암행어사 형식으로 몰래 취재해서 기사를 쓰는 코너
를 통해 호평을 받았던, 서촌 청운동에 있는 중국집 '중국'이다. 경복

중국에서 직접 가져온 잔.

중국의 고풍스러운 간판.

볶음밥의 생명은 밥의 상태. 이곳은 고슬고슬한 밥과 특유한 훈제향이 어우러져 최상의 맛을 낸다.

고등학교 학생들이 공부하다 말고 담 넘어와 한 젓가락에 쓸어넣었다는 짜장면으로도 유명하다.

중국의 맛을 그대로

실내에 들어가면 '吉祥如意길상여의: 좋은 일이 뜻대로 이루어짐'라는 멋들어진 현판이 눈에 띈다. 알고 보니 중국 복건성에서 직접 맞춰온 것이라고 한다. 그릇이나 잔들도 참 예쁜데 이것 또한 중국에서 직접 공수했단다. 식당 주인 문경철 씨는 중국에서 요리를 직접 배웠다고 한다. 중국에서 취득한 조리자격증이 한쪽 벽에 믿음직스럽게 걸려있다.

메뉴는 요리가 대여섯 가지에 식사 서넛으로 간단하다. 깐펑지(깐풍기), 탕수육, 볶음밥, 짜장면 등 일반 중식당과 별다르지 않다. 하지만 뭐든 가짓수가 중요한 게 아니라 하나라도 얼마나 맛있는지가 중요한 게 아닌가. 이곳의 음식은 맛이 특별하다. 특별하다기보다 중국 본토 맛에 더 가깝다.

한국에서 중국음식을 먹을 때 본토와 가장 다르다고 느끼는 점 중 하나가 '물기'이다. 국이 없으면 밥 못 먹는다고 할 정도로 국물을 유달리 사랑하는 한국인 입맛에 맞춘 결과겠지만, 한국의 중식은 소스가 너무 흥건하다. 깐풍기乾烹鷄를 예로 들어보자. 깐풍기의 뜻은 '닭고기鷄를 국물 없이 마르게乾 요리한다烹'이다. 그런데 한국 중식당의 깐풍기는 소스가 너무 많아서 튀김옷이 다 젖어버린다. 반면 이곳의 깐풍기는 아주 건조하다. 소스가 없다시피 하다. 덕분에 닭고기 튀김이 아주 바삭하다. 씹으면 깨지는 것처럼 바삭하고 부서진다. 튀김옷은 보통 물과 녹말가루, 달걀을 섞는데 이 식당은 달걀을 넣지 않는다. 쫄깃한 맛이 줄어드는 대신 바삭함의 강도가 높아진다. 마른 고추와 다진 피망, 완두콩, 설탕으로 만든 소스는 아주 맵다. 중국 호남성 요리에서 힌트를 얻어 개발한 소스라고 한다. 볶음밥도 훌륭하다. 수분을 충분히 제거한 밥알이 서로 엉겨 붙지 않는다. 훅 불면 날아갈 듯하다. 밥알 하나하나 잘 볶아져 기름이 돌지만 여분의 기름은 제거해 보송보송하고 느끼하지 않다. 이 과정에서 밥에 배어든 '불맛'이 구수한 훈제향을 낸다.

중국의 음식들은 크고 유명한 중식당 못지않은 감동과 만족을 준다. 온가족이 사이좋게 운영하는 곳이고 손님들은 주로 단골에 가족 단위이기 때문에 늘 왁자지껄하고 정신없이 돌아가서 처음에는 좀 부담스러울 수 있다. 하지만 음식이 나오면 음식 외에는 다른 것들이 보이지 않을 정도로 집중하게 되는 매력이 있다. 사장님은 가게 근처의 경복고등학교 학생들에게 교훈이 되라는 뜻에서 훗날 큰 성공을 뜻하는 사자성어 '붕정만리鵬程萬里'를 현판으로 걸어놓고 효자동 지킴이 방범 순찰도 하며 동네사랑을 적극 실천하는 멋쟁이다. 비록 가게 규모는 크지 않지만 세세히 들여다보면 볼수록 주인의 철학과 자부심이 느껴지는 '완소(완전 소중한)' 중국집이다.

얼큰한 짬뽕과 쟁반짜장도 맛이 일품이다.

Song's Kitc

송해정 작, 'song's kitchen', 2012

서울 어반 스케쳐 회원으로 활동하는 송해정 작가가
서촌의 모습이 담긴 멋진 스케치를 선물해주었다.
필운동에 새로 생긴 한옥 레스토랑 song's kitchen의
모습인데 그림으로 보니 색다르고 더 멋지다.

* 어반 스케쳐urban sketcher란?
어반 스케쳐는 도시를 스케치로 기록하는 세계적인 모
임이라고 한다.
어반 스케쳐의 멤버들은 직접 화구를 들고 거리로 나
가 현장에서 직접 그림을 그리는 원칙을 갖고 있으며,
'드로잉은 시간과 장소의 기록이다'라는 소신으로 현
장에서 사진만 찍고 나중에 그리는 경우가 없는 것으
로 유명하다고 한다.
도시의 풍경을 스케치로 담아내 소소한 일상의 아름다
움을 표현하는 어반 스케쳐.
평소 느끼지 못했던 마음속의 감성을 자극하는 멋진
작업인 듯하다.

02

옥인동
할머니
손칼국수

西
村
方
向

따뜻한 국물이 생각날 때 5,000원으로 푸짐하게 먹을 수 있는 옥인동 할머니 손칼국수를 만나보자. 원래 이름은 그냥 '손칼국수'인데 앞에 뭐라도 붙여야 될 거 같아 내가 임의로 '옥인동 할머니'를 붙였다. 간판도 상호도 없어서 위치 찾기가 조금 어렵다는 단점이 있다. 게다가 옥인동 골목 안에 있으니 눈을 씻고 잘 찾아봐야 한다.

통인시장 입구에 있는 옥인방앗간 바로 왼쪽에 작은 골목이 있는데, 골목으로 들어가면 왼쪽에 허름하고 색 바랜 간판으로 손칼국수라고 적혀 있다. 얼핏 보면 일반 가정집처럼 보여서 '여기 맞나?' 생각하기 쉽다. 가게 내부 역시 일반 가정집처럼 되어 있고 자리는 전부 다 좌식이므로 치마를 입고 온 손님은 불편할 수도 있겠다.

주문할 수 있는 메뉴는 오직 손칼국수 하나다. 가격은 5,000원. 적당하다고 생각되는 선이다. 무생채와 양배추김치 등 모든 밑반찬은 직접 담근다. 또한 강된장과 밥 한공기가 딸려 나오는데 거기에 생채를 넣고 같이 비벼먹는 맛이 일품이다. 한 명이 먹기에 알맞은 양의 부추전도 기본으로 제공된다. 칼국수를 다 먹고 나면 직접 담근 식혜도 한 컵씩 준다. 공장에서 만든 식혜와는 완전히 다른 수제 식혜의 맛! 시골 할머니 집에서 먹던 그 맛이다.

손님은 주로 인근 건설사 직원들과 회사원들이 많이 온다고 한다. 그래서 거의 점심 장사만 한다고 하는데, 식당이 집이랑 함께 사용되고 있어 너무 늦은 시간만 아니면 문을 두드리면 칼국수를 끓여주는 편이다. 원래는 동네 사람들 한 그릇씩 끓여주다가 할머니의 칼국수가 맛있다고 소문이 나자 너도 나도 끓여주면서 결국 이렇게 가게까지 차려서 팔게 되었고 그게 벌써 20년이 되었다고 한다. 하나님이 주신 귀한 일이라고 생각하며 오늘도 열심히 칼국수를 만드는 옥인동 할머니. 통인시장 근처에 오면 한 번 들러볼 것을 추천한다.

칼국수 한 그릇 시키면 이렇게 푸짐하게 나온다.

가계가 일반 가정집이다
동네 사람들에게 한 그릇씩 끓여주다가 입소문이 나
원래 살던 곳에 가게를 열어서 그렇다.

03
사찰음식
전문점,
곽가네 음식

西

村

方

向

요새 건강한 음식에 대한 관심이 늘면서 채식을 위주로 하는 사찰음식이 많은 주목을 받고 있다. 흔히 사찰음식은 불가음식이라 불리기도 하는데, 템플스테이와 함께 불교문화의 대중화를 위한 견인차 역할을 하고 있다. 사찰음식은 불교에서 허용하는 승려들의 음식으로 오신채(五辛菜: 마늘, 파, 달래, 부추, 양파)를 넣지 않는다고 한다. 흔히 고기를 넣지 않은 음식을 사찰음식이라고 생각하는데 이것은 잘못된 정보다. 고기는 병이 든 스님들에게는 보신용으로 허용이 되었다. 그러므로 육류음식 또한 사찰음식에 포함될 수 있다.

통인시장 중간에 자리 잡고 있는 곽가네 음식은 이미 입소문이 많

통인시장 입구.

이 난 사찰음식 전문점이다. 통인시장에 들어오면 곽가네 음식이라
고 쓰여 있는 간판을 쉽게 찾을 수 있다. 식당은 주방이 활짝 공개되
어 있기 때문에 모든 음식이 만들어지는 과정을 볼 수 있다. 가지런
히 정리된 식기류에서 꼼꼼한 관리가 엿보인다. 사장님이 직접 요리
를 하는데 성이 곽씨라서 곽가네 음식이라고 상호를 지었다고 한다.
반찬은 뷔페식으로 무한제공이다.

　　화학조미료를 사용하지 않고 천연조미료를 쓴다는 것을 강조한
안내문에서 주인장의 고집이 보인다. 옛날 궁중에서 실과(실제로 소용
되는 것을 주로 한 교과)로 만든 음식과 똑같다고 하니 신기하기만 하다.
음식을 먹어보니 조미료와 오신채를 사용하지 않아서인지 맛이 토속
적이고 간이 삼삼하다. 평소 조미료와 강한 양념에 길들여진 분들에

겐 입맛에 맞지 않을 수도 있을 것 같다. '반찬 남기면 한 사람당 벌금 1,000원!'이라는 경고 문구가 있지만 실제로 벌금을 낸 사람은 없다고 한다. 그래도 음식 맛이 일반 식당과는 조금 다르기 때문에 적당히 덜어서 먹어본 후 더 가져다 먹는 방법이 좋을 것 같다.

성인병 예방과 비만 예방에 좋은 견과류탕이 식사 메뉴 중에서 특히 인기가 좋다고 한다. 그중 대표음식은 연근 견과류탕이다. 두부, 대추, 호박 등 각종 몸에 좋은 재료가 듬뿍 들어 있다. 국수같이 뽀얗고 걸쭉한 국물이 무척 인상적이다. 연근은 원기회복에 좋다고 한다. 인삼돼지불고기도 인기가 많은데, 인삼의 더운 성질과 돼지고기의 차가운 성분이 어우러져 몸의 건강을 유지시켜주기 때문이란다.

사과즙에 고기를 재워서 육질을 부드럽게 만든 것이 특징이다. 불고기를 한 점 집어서 입에 넣으니 녹는다는 표현이 맞을 정도로 고기가 연했다.

요즘은 사찰음식과 건강식이 동일하게 생각되는 추세라서 조미료에 민감하거나 짠 음식을 싫어하는 분들, 깔끔한 음식을 찾는 분들에게 추천한다. 단, 특정 종교색이 있는 곳이어서 거부감을 가지는 사람들도 있을 것 같다. 식당 내부에서도 불교의 풍취를 느낄 수 있으니 방문 전에 참고하시기를.

이제훈, 엄태웅, 한가인 주연의 영화 〈건축학개론〉에서도
서촌의 예쁜 골목과 한옥들이 배경으로 많이 등장했다.
아마 영화 〈건축학개론〉 제작사인 명필름이 서촌에 있어서
로케이션에 도움이 되지 않았을까 추측해본다.

이제훈과 수지가 데이트 했던 한옥으로 알려져
수많은 관객들이 성지순례(?)를 와서
복잡한 서촌 골목을 열심히 헤매고 다녔다.

04

통인 상인들의
휴식터,
옛날 통인 감자탕

西

村

方

向

변화와 개혁의 시대를 살고 있는 지금, '옛날'이란 단어는 그 희소가
치가 세계적으로 높아지고 있다. 일부 빈티지 제품은 원가보다 몇 배
의 프리미엄이 붙어 팔리고, 수많은 돈을 투자해서 사라진 옛날 모습
을 재현하려 하기도 한다. 서촌의 수많은 매력을 한 단어로 표현한다
면 바로 이 '옛날'이 아닌가 싶다. 하지만 식당마다 '원조', '옛날' 등
의 수식어가 무차별적으로 들어가는 요즘, 스스로 떳떳이 자신감과
자부심을 가지고 있을 음식점이 몇 군데나 될지는 좀 의심스럽다.
  그래서 이번에는 서촌에서 당당하게 '옛날'의 상호를 가지고 있
는 감자탕집을 소개하려 한다.

통인시장을 중간 정도 지나다 보면 오른쪽에 '옛날 통인 감자탕' 간판이 있는 골목이 나온다. 옛날 통인 감자탕은 20년 넘게 같은 곳에서 장사를 하고 있다. 가격은 근 몇 년간 유지되었던 5,000원에서 감자 가격의 상승으로 어렵게 6,000원으로 올랐지만, 옛날 통인 감자탕 팬들은 '그럴 만하다'며 아무 불평 없이 감자탕을 즐기는 분위기다. 감자탕 외에도 순댓국, 소머리국밥 등의 전통적인 국밥 라인이 있고, 기타 메뉴로는 부침개, 묵 종류가 있다.

뚝배기가 끓을 동안 밑반찬이 제공된다. 밑반찬은 양파, 김치, 깍두기, 풋고추로 매우 간단하지만 정갈하고 정성스럽게 담겨 나온다. 채소류는 신선하며 풋고추는 맵지 않고 양파는 달달한 정도를 항상 유지하는 걸로 봐서 밑반찬에도 신경을 많이 쓰는 듯하다. 밑반찬들을 야금야금 먹고 있으면 보글보글 뚝배기가 나온다.

일단 놀라게 되는 것은 뚝배기의 크기다. 다른 음식점의 감자탕보다 뚝배기 크기가 1.5배 크다. 감자탕 국물 맛은 진하고 깔끔하며, 뼈에 붙은 고기는 살이 그득하고 연하면서도 쫄깃하다. 살이 살살 쉽게 발라지기 때문에 여자 분들도 쉽게 먹을 수 있다. 두툼한 삶은 감자는 적당하게 국물이 스며들어 위화감이 없고 모양새도 살아 있다. 아마 국물과 따로 삶아서 나중에 넣는 듯하다. 감자를 한입 베어 물면 아무 저항 없이 으스러지는데 그냥 입에서 녹는다. 감자는 한두 번 정도 리필이 가능한데 이 사실을 알고 있는 사람이 거의 없다. 참고로 말하자면, 이유는 모르겠지만 나중에 따로 받아먹는 감자가 훨씬 부드럽고 맛있다.

　이곳은 낮이든 밤이든 언제 어느 때 가든 감자탕과 함께 반주하는 분들을 심심찮게 만날 수 있다. 주로 공사장에서 일하는 인부들이나 인근 시장 분들이 많다. 목청 높여 얘기하고 담배도 마음껏 피는 분위기니, 그런 분위기가 싫은 사람들은 불편할 수도 있다. 감자탕을 좋아하는 이라면 한 번쯤 방문해서 오랜만에 괜찮은 감자탕 먹었다고 할 만한 집이다.

서촌에서 유명한 곳은 항상 이렇게 골목에 숨어 있다.

05

대통령이
다녀간 해장국집,
해장국 사람들

西

村

方

向

서촌은 지역적 특성 덕분에 예로부터 대통령 마케팅이 유명한 곳이
다. 대표적으로는 영화로 유명해진 박정희 전 대통령과 관련된 이야
기였던 〈효자동 이발사〉가 있고, 노무현 대통령이 특히 좋아했다고
해서 지금은 너무도 유명해져버린 토속촌 삼계탕집도 있다. 그밖에
도 정재계 유명인들의 집이 청운동과 옥인동에 많이 포진되어 있어
연예인보다는 높으신 분들 누가 다녀갔다더라 하는 음식점과 가게들
이 많다. 통인시장 입구 맞은편에 있는 음식점 '해장국 사람들'은 그
런 마케팅 측면에서 이명박 대통령께서 다녀가셨다는 현수막을 붙여
눈길을 끌고 있다.

해장국 사람들은 통인시장 맞은편, 종로구 보건소 버스 정류장 앞에 위치하고 있다. 간판 위에 '당신의 간 안녕하십니까?'라는 문구가 인상적이다. 뭔가 주인아저씨만의 마케팅 스타일이 느껴진다고나 할까. 간판 밑엔 '이명박 대통령 다녀가신 해장국집. 감사합니다! 대통령 님'이라는 현수막이 붙어 있다. 주인아주머니께 현수막에 대해 물어보니 벌써 대여섯 번 뜯겼다고 한다. 남의 집 현수막을 뜯는 사람들도 대단하지만, 뜯겨질 때마다 새로 만들어 거는 주인의 정성도 대단하다 싶다.

민심을 반영하면 그런 마케팅으로는 장사가 안 될 것이라 생각하는 이들도 많겠지만, 점심시간에는 줄을 서서 기다릴 정도로 손님들이 아주 많다. 실내에도 업소를 찾아준 이명박 대통령에 대한 감사함을 표현하는 현수막이 곳곳에 걸려 있는데, 심지어 이명박 대통령 해장국 먹던 자리까지 표시되어 있으니 사장님이 이명박 대통령의 굉장한 팬인가 보다.

해장국 사람들의 주력 메뉴는 역시 상호 그대로 해장국이다. 해장에는 몸에 좋은 부추, 시금치와 통통한 다슬기가 듬뿍 들어 있다. 문득 다슬기의 원산지가 궁금했는데 벽을 보니 '조선 민주주의 인민 공화국'이라고 북한의 공식 국가명을 정확히 써놓았다. 역시 이곳 사장님이 자기만의 특별한 마케팅 전략을 갖고 있는 게 곳곳에서 느껴졌다. 식후엔 얼음 살짝 띄운 식혜 한사발이 나온다. 왠지 위생이 좋지 않을 것 같아 자판기 커피를 잘 안 마시는 나는 이런 사소한

디저트에 기분이 참 좋아진다.

음식 자체로만 봤을 때는 가격이 약간 비싼 편이지만 맛은 좋다. 개인적으로는 거하게 술 한잔하고 난 뒤 속풀이용으로 뜨끈하고 얼큰하게 먹기에 좋다. 하지만 이명박 대통령이 다녀간 집이라 거부감을 가지고 안 가는 분들도 있을 것 같다. 실제로 그런 여론을 여기저기서 듣기도 했다. 하지만 음식은 음식일 뿐이다. 음식까지 정치적으로 갈라 먹는다면 너무 피곤하지 않을까?

대통령을 적극적으로 마케팅에 이용하고 있지만 원래 해장국이 맛있는 집으로 유명했다.

06
_____

양심과 고집으로
운영하는
창성갈비

西

村

方

向

예전에 소비자 고발 프로그램에서 고깃집에서 파는 갈비가 진짜 갈비가 아니라는 내용이 화제가 된 적이 있다. 우리가 흔히 먹는 갈비가 사실은 뒷다리살 등의 남는 부위의 고기를 이어 붙인 거라는 충격적인 내용이었다. 뿐만 아니라 진한 양념으로 불량한 육질을 교묘하게 속였다고 한다. 시내 대부분의 고깃집들이 그런 가짜 갈비를 사용한 것으로 조사결과가 나와 한동안 파급효과가 꽤 컸던 기억이 난다. 양념갈비는 한국 사람이라면 누구나 좋아하는 메뉴다. 그럼에도 불구하고 '이 집은 가짜갈비를 쓰지 않을 집이야' 믿고 갈 만한 고깃집을 한 군데 정도 알고 있을까?

창성갈비는 서촌에서만 10여 년이 넘도록 양심과 고집으로 철저하게 운영해오고 있는 아주 믿을 만한 양념갈비집이다. 창성동 카페골목 들어가는 큰길에서 쉽게 찾을 수 있다. 어디서나 볼 수 있는 흔한 고깃집이라고 생각하면 오산이다. 사장님의 돼지고기 사랑은 남다르기로 소문이 자자해서 단순히 음식을 파는 것에서 그치는 수준이 아니라 사람들이 가짜 갈비를 먹는 것을 안타까워하며 돼지고기의 효능과 장점 등을 전파하는 데 앞장선다.

내가 사장님에게 들은 얘기로는 돼지고기가 일반적으로 우리가 알고 있는 것과 달리 콜레스테롤이 전혀 없다고 한다. 오히려 돼지고기의 기름이 혈관 벽을 튼튼하게 해준다고 한다. 그리고 정말 좋은 돼지고기 기름은 냄새도 나지 않고 자기 전에 얼굴에 바르고 자면 피부에 아주 좋단다. 사장님의 피부가 유난히 반들거려서 직접 해보았냐고 물어보니 본인이 직접 안 해봤으면 추천도 안 해준다고 확신 있게 말했다. 언제나 번쩍거리는 피부를 자랑하며 친절하게 웃어주는 창성갈비 사장님만의 숨은 관리 비결이었다.

일반적으로 우리가 알고 있는 양념갈비집의 갈비는 긴뼈가 하나 있고 거기에 고기가 돌돌 말려 있는 형태다. 하지만 창성갈비 사장님은 진짜 갈비는 절대 그런 모양이 나올 수 없다고 강조한다. 진짜 갈비는 오히려 울퉁불퉁하고 발라먹기도 힘든 못생긴 형태라고 한다. 뼈에 접착제로 붙인 갈비가 먹기 쉽고 보기 좋을지는 몰라도 진짜 갈비와 맛이 천지 차이란다. 거기다 양념도 싸구려에 어떤 재료를 썼는

창성갈비의 주인 내외분. 주인아저씨의 돼지고기 사랑이 지극하다.

지도 모르는 양념을 쓰니 그 화학적인 맛이 먹고 나면 입에 양념 맛만 오래 남아 있는 경험을 하게 된다. 그렇지만 창성갈비는 먹고 난 뒤 양념의 어떤 맛도 느껴지지 않을 정도로 아주 깔끔하다. 먹고 나면 놀라울 정도로 입안이 깔끔한 것이 과연 좋은 양념갈비구나 고개를 끄덕이게 된다.

고기뿐만 아니라 반찬에 들어가는 적채, 양파, 부추도 전부 좋은 걸 쓴다고 자랑한다. 특히 새콤달콤한 간장겨자소스가 압권인데, 이 특제소스는 매일 집에서 담근다고 한다. 애정이 없으면 절대 하지 못할 텐데 보통 정성이 아니다. 모든 반찬은 집에서 직접 만들거나 손님이 오면 그때그때 만들고, 밥도 미리 퍼놓은 공깃밥이 아니라 밥솥에서 직접 퍼준다. 언뜻 보면 특별한 것 없지만 먹다 보면 작은 반찬 하나 허투루 한 것이 없다. 밥 한 공기만 시켜도 나오는 된장찌개도 웬만한 음식점에서 5,000원 이상 받는 된장찌개들보다 훨씬 맛이 좋으니 말이다.

앞서 밝힌 대로 사장님은 돼지고기 예찬론자다. 다른 고깃집들은 대부분 갈비를 양념이 재워진 걸 납품 받아 사용한다며, 우리 주변에 제대로 된 돼지고깃집이 많이 없다고 답답한 듯 말했다. 그에 비해 창성갈비는 양념을 번거로워도 직접 만들어서 재운다. 한 번 먹어보면 그 조화와 맛이 다른 고깃집과 비교할 수가 없다. 고기를 먹고 난 뒤 입에 청량감이 도는 놀라운 경험. 지금까지 먹었던 갈비는 가짜라는 것을 철학과 고집이 있는 창성갈비에 가보면 알게 될 것이다.

고기의 생김새부터 다르다.
함께 나온 된장찌개의 맛도 일품이다.

07

눈 깜짝할 사이
한 그릇 뚝딱,
30년 전통의 아담집

누구나 한 번쯤 이런 적이 있을 것 같다. 배는 고프고, 또 아무거나 먹기는 싫고, 하지만 마땅히 갈 만한 데가 생각나지 않을 때. 사실 이럴 때가 참 난감한 상황이다. 어느 때고 부담 없이 편히 가서 먹을 수 있는 식당이 우리 주변에 얼마나 될까? 이번에 소개할 식당은 효자동 적선시장에서만 무려 30년을 버텨낸 금천교시장의 터줏대감이라고 자타가 공인하는 '아담집'이다.

아담집으로 가는 길은 알면 쉽지만 처음에 찾는 법이 생각보다 어렵다. 경복궁역 2번 출구로 나와 적선시장 골목을 끼고 배화여대

아담집에 가면 꼭 먹어야 할 비빔밥. 이름만큼이나 아담한 곳이지만 할머니의 손맛이 예술이다.

쪽으로 100미터 정도 쭉 들어오다 보면 우측에 '아담집'이라는 작은 간판이 보인다. 아담집은 이름만큼이나 작기 때문에 그냥 지나치기 쉬우니 주의해야 한다.

아담집은 10평도 되지 않는 공간에 식탁 4개와 부엌이 오밀조밀 모여 있다. 모든 메뉴의 가격은 달랑 3,500원이다. 비빔밥도, 백반도, 비빔국수도 모두 너나할 것 없다. 아담집은 배화여중고, 배화여대 근처여서 주로 여학생 손님이 많으리라 기대하지만 주 고객은 대부분 효자동 재건축으로 모인 공사장 인부들이다. Tiny grandma's open Kitchen이라고 이름을 바꾸면 여자 손님이 많아지려나? 요샌 오픈 키친이라는 거창한 주방을 드러낸 유럽형 식당이 유행이다. 아담집도 그런 면에서 보면 똑같은 오픈 키친이긴 하지만 부엌 규모나

시설에 허세가 없다. 최소한의 도구와 재료들만 직관적으로 배치되어 있을 뿐이다.

반찬을 살펴보면 역시 아담하게 생채, 김치, 고추절임으로 딸랑세 개가 나온다. 김치는 딱 전라도 시골김치다. 몇 년이 지나도 한결같은 맛을 유지하고 있다. 하지만 이 트로이카 중 백미는 생채다. 아삭한 생채가 죽음이다. 라면이든 칼국수든 비빔국수든 비빔밥이든일단 시켜만 보시라. 그야말로 '뚝딱'이다. 계란후라이 하나 노릇하게 굽는 동안 70세가 넘은 할머니는 비빔밥과 비빔국수를 '뚝딱' 만들어내고, 그리고 그걸 먹는 것도 게 눈 감추는 듯 한 그릇 '뚝딱'이다.

아담집의 비빔국수는 내가 먹어본 비빔국수 중에 감히 최고라자부한다. 별달리 특별할 것도 없는 밀가루 면이 주는 새콤달콤하면서도 깔끔하고 담백한 맛은 우동이나 짜장면 등 기름진 기타 면류에서는 볼 수 없는 감동의 맛이다. 대부분 비빔국수들이 먹으면 먹을수록 국물과 면이 만나서 맵고 짜지는 경향이 있는데 아담집의 비빔국수는 끝맛까지 첫맛처럼 한결같이 깔끔함을 유지하는 놀라운 결과를보여준다. 더위가 다가오면서 입맛이 없어지는 여름에 딱 좋은 음식이다. 하지만 무엇보다 키는 아담하지만 손은 절대 아담하지 않은 주인 할머니의 넉넉하고 푸근한 웃음이 꼭 우리네 할머니를 닮아서 오며가며 지나가다 한 번씩 들리게 되는 곳이다.

전기구이 · 양념통닭
후라이드치킨

08

통닭의 르네상스
시대를 재현한다.
영광통닭

주문하시면 즉시 배달

◎ 어린이영양간식
◉ 손 님 접 대
야 유 회 회 용

나는 이따금씩 통닭과 치킨의 차이가 궁금해진다. 주변 사람들에게 종종 묻는 질문이기도 한데, 재밌게도 다들 구분법이 달랐다. 콜라랑 먹는 것은 치킨, 맥주랑 먹는 것은 통닭. 부위별로 튀기는 것은 치킨, 통째로 튀기는 것은 통닭. 서양식 닭튀김은 치킨, 한국식 닭튀김은 통닭. 체인점은 치킨, 동네가게는 통닭. 박스에 담으면 치킨, 종이나 비닐에 담으면 통닭 등등. 아무튼 구별법을 막론하고 닭튀김요리는 서민들의 가볍고 즐거운 간식으로 자리 잡았으며, 치킨, 통닭, 호칭이 야 어쨌든 동서양을 넘어 세계인에게 널리 사랑받고 있는 것이 사실 이다.

서두에서 닭타령을 해서 다들 예상했겠지만 이번에 소개할 곳은 바로 통닭집이다. 서촌에서만 26년, 통닭집으로서 오래된 전통을 자랑하는 곳, 영광통닭에 가보자. 서촌 주민이라면 영화루(중국집)와 영광통닭 전화번호는 기본으로 알고 있다는 얘기가 있을 정도로 이곳은 동네 사람들에게 많은 사랑을 받는 곳이다. 통인시장 사거리에서 군인아파트 쪽으로 조금 올라오다 보면 좌측 옥인문구사 옆에 영광통닭이 보인다. 원래는 이곳이 아니었지만 통인시장 및 인근상가 재개발이 되면서 현재의 널찍한 터로 옮겨졌다. 주인아주머니는 첫째 아이가 한 살일 때 처음 통닭집을 시작했다고 회고한다. 첫째가 현재 서른 살이므로 2012년 기준으로 약 29년 정도 같은 곳에서 영업을 해온 것이다.

조리시간은 약 15~20분 정도 걸리는데 늘 주문이 많아서 최소 30분 전에는 미리 주문을 해야 넉넉하게 맛있는 통닭을 받아볼 수 있다. 통닭을 1인분 시키면 최소 4인 가족이 먹다 배터지는 놀라운 경험을 할 수 있다. 이 푸짐한 양은 영광통닭의 자랑 중 하나다. 또 다른 자랑은 바로 감자튀김과 닭똥집이다. 특히 닭똥집까지 튀겨주는 집은 쉽게 찾아보기가 힘든데, 영광통닭은 쫄깃한 닭똥집 튀김 또한 기본으로 포함되어 있다.

마지막으로 영광통닭 맛의 비결은 바로 소스다. 계피와 강원도에서 직접 공수한 고춧가루로 만든다는 양념 소스는 단골조차도 사정을 해야 겨우 하나 더 줄 정도로 귀하다. 단, 가게에 테이블이 있기

어마어마한 양을 자랑하는 영광통닭.
주인아저씨는 돌아가시고 아주머니 혼자 하시지만
맛이나 인심에는 변함이 없다.

는 하나 앉아서 먹지는 못한다. 서촌에 거주하지 않는 분들은 영광시장 맞은편인 통인시장 앞에 고즈넉한 정자가 있으니 그곳에서 여러 명이 모여 먹어도 좋을 것 같다.

영광통닭은 배달을 하지 않는다. 치킨집이 배달도 안 한다고 배짱장사 하는 거냐고 생각하면 오해다. 원래는 주인아주머니 외에 남편 분도 함께 했다. 아주머니가 닭을 튀기면 아저씨는 배달을 하곤 했다. 그런데 몇 해 전 아저씨가 그만 간경화로 돌아가셨다. 남편의 별세 이후 아주머니는 배달까지 같이 하며 정신없이 바빠졌다. 그래서 그 속사정을 아는 서촌 주민들은 미리 30분 정도 전에 전화를 하고 방문해서 직접 가져간다.

그동안 기름지고 획일화된 맛에 가격은 비싸면서 양은 한없이 부족한 프랜차이즈 치킨에 질렸다면 한 번쯤 푸짐하고 맛있는 정통 통닭을 먹어보면 어떨까? 영광통닭이면 절대 후회하지 않는 선택이 될 것이다.

단국대 서촌블루스팀의 스케치 작품.
단국대에 재학 중인 학생들이 모여 서촌을 알리고 보존하자는 취지로
곳곳의 풍경을 그림으로 담고 있다.

09
서촌 50년 전통
터줏대감,
영화루

西

村

方

向

10년이면 강산이 변한다고 한다. 하지만 서촌에서 전통을 따지자면 10년은 우습다. 오래된 곳이라면 적어도 30년 정도는 되어야 명함을 내밀 수 있을 정도의 내공과 역사를 자랑한다. 불과 몇십 년 전만 하더라도 서촌 일대엔 내로라하는 중국집들이 많았지만, 지금 그 아성을 이어가고 있는 곳은 대부분 사라졌다. 그 이유는 서촌에서 중국집은 이 한 곳으로 통일되었기 때문이다. 바로 '영화루'다. 영화루는 2대째 이어져오며 약 50년의 전통을 자랑한다. 그 사이 많은 중국집들이 생기고 또 사라져갔지만 영화루는 여전히 건재하다. 아니, 오히려 더 유명해지고 손님이 점점 많아지고 있다.

누군가 나에게 튀김요리의 핵심은 무엇이냐고 물어본다면 창의
도 기술도 아니고 그야말로 기본에 충실한 것이라고 대답할 거 같다.
좋은 기름, 좋은 재료, 그리고 더도 덜도 없이 기름과 밀가루의 화학
작용이 '적당'해야 튀김 고유의 고소한 맛이 살아나는 거 아닐까? 이
런 나의 보수적인 튀김학*적 관점에서 본다면 영화루의 튀김솜씨는
아주 적당하다. 딱 보기에도 알맞게 익어 노릇한 황금빛깔 옷이 훌륭
하며 입으로 들어갈 때 바삭한 느낌도 아주 좋다. 또 일반적인 중국
집의 돼지고기보다 육질이 좋고 냄새도 나지 않는다.
　　영화루 짜장면에는 품위가 있다. 정갈하고 깔끔한 느낌을 주기
까지 한다. 짜장면은 국물이 많은 편인데, 탱탱한 면발과 짜장 소스
가 잘 어우러진다. 하지만 최고 인기메뉴는 '고추짜장면'이다. 엄청
난 마니아층을 형성하고 있는 메뉴다. 청량고추와 고추기름으로 맛
을 내서 맵지만 깔끔하고 여운이 있다. 다른 곳에서 쉽게 맛볼 수 없

중국집의 간판은 역시 짜장면. 특히 이곳의 고추짜장면은 쉽게 맛볼 수 없는 맛이다.

는 맛이다.

　자리 한 번 바뀌지 않은 영화루는 세월이 흐르면서 이제는 입구가 꽤 고풍스러운 느낌마저 풍긴다. 대문 주변에 디근자 옥색 장식은 KBS 드라마 〈잘했군 잘했어!〉에 장소협찬을 해주며 생겼는데 아주 중국집다운 느낌을 잘 살렸다.

　영화루에는 얼마 전까지만 해도 세트메뉴가 없었는데 이번에 새로 생겼다. 신흥 중국집들이 세트 메뉴와 쿠폰으로 마케팅 공세를 벌일 때에도 영화루만은 개별 품목으로 승부했다. 그래도 승산이 있다는 자신감을 반영한 듯해서 단골로서도 속으로 지지하고 있었는데, 손님들이 세트 메뉴를 계속 찾기 때문에 어쩔 수 없이 만들었다고 한다. 그래도 전단지에 큼지막하게 쓰여 있는 50년 전통이라는 문구가 당당하다. 영화루는 현재 아들이 열심히 가게 일을 도우며 3대代의 시대를 준비하고 있다. 앞으로 100년은 거뜬해 보인다.

오래된 차림표에서 세월의 흔적이 느껴진다.

꽃보다 아름다운 사람, 서촌의 뽀빠이 아저씨

몇 해 전 TV에서 〈꽃보다 남자〉라는 드라마가 엄청난 유행을 했다. 드라마 속의 F4 멤버들은 여자보다 더 고운 외모와 화려한 패션으로 여성들의 마음을 설레게 했고, 꽃미남이라는 유행어를 탄생시켰다. 조각 같은 얼굴의 축구선수 안정환도 '꽃을 든 남자'라는 화장품 광고에 출연하며 이름을 널리 알렸다. 꽃이라면 역시 이렇게 향기롭고 예쁘고 화려한 이미지가 제일 먼저 떠오른다. 그런데 서촌 통인시장 입구 앞에 그런 일반적인 꽃의 이미지와는 참 어울리지 않는 이름을 가진 꽃집이 있다. 꽃집 이름은 바로 '뽀빠이 화원.' 우리도 잘 알고 있는 미국의 유명한 만화 캐릭터인 바로 그 뽀빠이다.

만화에서의 성격 그대로 뽀빠이라는 단어는 키는 작아도 힘세고 위기에 강한 사람의 대명사가 되었다. 예를 들면 우리나라에서 뽀빠이를 대표하는 사람은 연예인 이상용 씨다. 이상용 씨는 미숙아로 태어나 어릴 적부터 병을 달고 살았는데, 그런 신체적 콤플렉스를 열심히 운동으로 극복하고 무대에서 늘 밝고 씩씩한 모습으로 사람들에게 힘과 용기를 줘서 뽀빠이라는 별명을 얻게 되었다. 하지만 솔직히 이상용 씨와 꽃은 어울리는 이미지는 아니다. 반대로 F4 꽃미남 구준표의 별명이 뽀빠이라고 상상할 수 있겠는가! 게다가 뽀빠이는 만화에서 매일 파이프 담배를 피우고 있다. 늘 화가 난 표정으로! 백 번 양보해서 올리브(만화 뽀빠이 여자 주인공)에게 꽃을 바치는 뽀빠이의 모습도 연상해보지만, 역시 뽀빠이는 시금치를 파는 채소가게나 우락부락한 근육을 가진 헬스 트레이너에게 더 어울린다. 그러니 뽀빠이 화원이라고 이름을 지은 이유가 있는지 궁금하지 않을 수가 없었다.

꽃보다 남자? 꽃을 든 뽀빠이!

뽀빠이 화원 주인아저씨를 만나보면 그 의아한 가게 이름에 수긍하게 된다. 주인아저씨는 다리에 장애가 있어서 걸음이 편치 않기 때문에 가까운 곳은 지팡이를 짚고 다니고 먼 거리는 전용 오토바이를 이용한다. 그럼에도 불구하고 표정은 늘 밝고 힘도 세고 못하는 게 없다. 그래서 초등학교 시절부터 별명이 뽀빠이였다고 한다. 언제나 부지런히 꽃을 관리하고, 오토바이로 동네를 열심히 오가는 모습에서 씩씩한 뽀빠이의 기운을 느낀다.

그에겐 뽀빠이 말고 또 다른 멋진 별명이 있다. 서촌에 오래 산 사람들은 그를 '맥가이버 아저씨'라고 부른다. 흥미롭게도 이 별명의 유래는 서촌의 특성과 아주 밀접한 관련이 있다. 서촌 일대에 속하는 신교동에는 우리나라 최초의 시각장애학교인 국립서울맹학교가 있다. 아저씨가 꽃집을 시작한 30년 전만 하더라도 길에서 맹아들을 만나면 재수 없다고 할 정도로 장애인에 대한 인식이 열악했다고 한다. 그렇게 천대받던 맹아들은 카세트 플레이어로 공부를 했는데, 이 카세트 플레이어가 고장이 나면 일반 전파사로는 차마 가지고 갈 수가 없었다고 한다. 전파사에서 장애인이라고 수리를 거부하거나 눈이 보이지 않는다는 점을 악용해 터무니없는 수리비용을 청구했기 때문이다. 그러던 어느 날 뽀빠이 화원에 맹인학생이 꽃을 사러 왔는데, 아저씨가 우연히 그의 고장 난 카세트 플레이어를 보고는 무료로 고쳐주었다. 그가 꽃집을 하기 전 고등학교의 전기과 교사여서 가능한 일이었다. 하지만 무엇보다도 누구보다 장애인의 고충과 아픔을 잘 알고 있기 때문이었을 것이다.

아무튼 그 맹인학생은 뽀빠이 아저씨에게 너무나 감사해 했고, 그 후로 꽃집 앞에 맹인들이 고장 난 카세트 플레이어를 들고 줄을 서기 시작했다. 그렇게 하나둘씩 입소문이 나자 점점 동네 주민들도 고장 난 가전제품, 전자제품을 가져와서 고쳐달라고 하기 시작한 것이다. 당시만 해도 대부분의 전자제품을 일본이나 미국에서 들여왔고, 고가라 수리가 어려웠다. 나도 어린 시절 아버지가 일본에서 사온 라디오가 고장 나 뽀빠이 아저씨에게 맡겨 고쳤던 기억이 난다. 그래서 한때는 뽀빠이 화원에 가면 꽃보다 전자제품이 많을 때도 있었다. 그런 일들이 있었기 때문에 아저씨는 뽀빠이와 맥가이버라는 미국 유명 만화와 드라마의 주인공의 이름을 별명으로 가지고 있다.

꽃집에서 전자제품을 고친다? 전자파를 내뿜는 전자제품과 아름다운 향기를 내는 꽃집의 만남은 참으로 아이러니다. 게다가 로맨틱한 뽀빠이와 과학적인 맥가이버의 만남도 역시 독특하고 재밌는

뽀빠이 아저씨와 올리브 아줌마

조화다. 일본드라마 〈장미 없는 꽃집〉에서 여자 주인공이 꽃집을 운
영하는 남자 주인공에게 이렇게 말하는 대사가 있다. "아저씨는 참
좋은 사람 같아요. 왜냐하면 꽃집을 하는 사람 치고 나쁜 사람이 없
잖아요."

　　장애인들의 고장 난 카세트 플레이어를 고쳐줬던 따뜻한 마음을
가진 주인아저씨를 보고 있으면 그 말을 믿을 수밖에 없다. 만약 우
리 동네에 맹학교가 없었다면 아저씨는 맥가이버라는 특별한 별명
을 얻을 계기가 없었을지도 모른다. 서촌을 통해 서로 유기적인 연결
이 된 셈이다. 그렇다고 꽃이 별로인 것도 아니다. 어머니 생신, 결혼

기념일, 어버이날, 스승의 날 모든 기념일에 꽃을 구입한 곳이 이곳이다. 아내에게 프러포즈할 때 바친 꽃다발도 뽀빠이 화원 작품이다. 이럴 땐 '5만 원 같은 3만 원짜리 꽃다발' 같은 억지 주문도 통하는 영락없는 동네 꽃집이다. 원하는 꽃은 없어도 주문하면 구해다 주며, 작은 금액이라도 늘 열심히 꽃다발을 만들어준다.

사람이 꽃보다 아름다워

뽀빠이 화원은 내가 기억하기로 서촌에서 가장 오래된 꽃집이다. 통인시장 앞에 큰 도로가 나는 바람에 자리를 한 번 옮기긴 했지만, 20년째 한결같이 그 자리에서 꽃을 피우고 있다. 그 역사성도 의미가 있지만 무엇보다 내가 생각하는 뽀빠이 화원의 가장 큰 매력은 한없는 선^善함이다. 뽀빠이 아저씨가 애초에 교사를 그만두고 화원을 시작한 이유가 식물에 관심이 많고 꽃을 좋아하기도 했지만, 그것보다 '사람들이 꽃을 너무 비싸게 사가는 것 같아서'였다고 한다. 난 이말을 듣고 잠시 황당함을 감출 수 없었다. 대부분 장사를 하면 물건을 한 푼이라도 더 비싸게 팔 생각을 할 텐데 완전히 다른 접근이었다. 그래서 졸업, 입학 시즌과 밸런타인데이, 화이트데이가 있는 2, 3월과 어버이날, 스승의 날이 있는 5월 대목에 맞춰 다른 꽃집들은 천정부지로 꽃값이 뛰지만, 뽀빠이 화원은 늘 똑같은 값을 받는다. 하긴 맥가이버라는 별명을 갖게 한 맹인의 라디오를 고쳐준 일도 전파사가 수리비를 비싸게 받아서 곤란한 맹인들을 도와주려는 선한 마음에서 시작된 일 아니었던가.

만화 뽀빠이에서 올리브는 빼놓을 수 없는 존재다. 뽀빠이 아저씨에게도 역시 올리브 아주머니가 빠질 수 없다. 올리브 아주머니는 교사 자격증이 있는 남편의 밝은(?) 미래를 보고 결혼을 했다고 한다. 그런데 결혼하자마자 남편이 학교에 사표를 냈다. 하지만 올리브 아줌마는 이게 팔자인 거 같다고 꽃을 다듬으며 웃는다. 역시 뽀빠이와 올리브를 쏙 닮은 아름다운 천생연분 부부다. 뽀빠이에게 꽃미남 같은 외모와 매너는 없을 수 있다. 하지만 뽀빠이의 마음은 꽃보다 훨씬 아름다웠다.

단국대 서촌블루스팀의 작품.

현정은 회장의 단골집, 박순화 미용실

기술 직종에서 도드라지는 특징은 가게 상호에 자신의 이름을 붙인다는 것이다. 음식점이나 양복점, 이발소, 미용실 같은 곳에 사람 이름이 앞에 붙은 가게를 보는 건 흔한 일이다. 우리뿐만 아니라 해외 명품들의 브랜드 이름도 대부분 사람 이름인 걸 보면 동서고금을 막론하고 뛰어난 기술에 대한 자부심은 곧 자기 자신이라고 생각하는 것 같다.

　기술자와 기술자를 도우며 배우는 관계를 흔히들 '도제관계徒弟關係'라고 한다. 스승을 따라하는 제자는 많지만 스승을 뛰어넘는 제자는 별로 없다. 특히 기술 분야는 경험을 통해서만 쌓을 수 있는 숙

련도와 노련미가 실력을 좌우하기 때문에 동시대에 스승을 제치고 거장에 이르기가 쉽지 않다. 하지만 서촌에 스승을 뛰어넘고 전설이 된 분이 있다. 서두가 너무 거창했나? 하지만 실제로 견습생으로 시작해서 지금은 기술을 가르쳐준 스승보다 더 크게 성장한 분이 있다. 1990년대 초까지 서촌 일대 미용실을 장악했던 효자동 통인시장 입구의 기업형 미용실 '김미용실'에서 혹독한 견습시절을 거치며 기술과 인맥을 쌓아 청운동에 자신의 이름을 딴 미용실을 낸 박순화 원장이다.

동네 미용실치곤 꽤 크고 쾌적한 규모와 시설이다. 박순화 미용실은 청와대 근처에 있어서 가끔씩 현정은 현대그룹 회장과 김영삼 전 대통령 둘째며느리 등 정계 유명 인사나 부인들도 종종 왔다간다고 한다. 한쪽 벽엔 각종 대회에서 상을 받은 박순화 원장의 사진과 상장들이 걸려 있다. 처음 독립해 본인의 이름을 건 미용실을 차렸을 때만 하더라도 창업 자금이 부족해서 지인으로부터 돈을 5,000만 원 정도 빌렸단다. 그러나 실력이 좋다는 소문이 나 손님이 어찌나 많았는지 단 6개월 만에 다 갚았다고 한다. 당시에 5,000만 원은 꽤 큰돈이었을 텐데, 박순화 원장의 성실함과 그만한 실력이 뒷받침된 결과가 아닐까 싶다.

영화 짝패에서 이런 대사가 나온다. "강한 놈이 오래가는 게 아니라 오래가는 놈이 강한 거더라." 대체인의 논리가 아니라 강자의 논리다. 어느새 스승의 가게인 김미용실은 다른 사람의 이름을 단 미용실로 지워져버렸고, 박순화라는 이름은 동네를 대표하는 미용실로 떠올랐다. 예식이나 촬영 같은 특별한 날의 머리는 물론이고, 일반적인 머리도 잘 다듬는 걸로 정평이 나 있다.

지금은 명실상부 서촌 일대 주민들의 헤어스타일을 책임지고 있는 박순화 원장으로부터 하루는 놀라운 고백을 들었다. 그 얘긴 바로 "힘들어서 일을 그만두고 싶다"는 것이다. 아니? 이렇게 손님이 많고 가게도 번듯하면 신 나게 일할 만도 한데 그만두고 싶다니? 이제 할 만큼 했다고 생각한 건가? 아니면 돈을 많이 번 건가? 불경기라 손님이 많이 줄은 건가? 하지만 원장의 이어지는 얘기를 들어보니 현실은 내가 미처 생각하지 못한 부분이 있었다. 바로 미용실 직원들 때문이었다.

박순화 미용실은 손님도 많고 가게도 넓기 때문에 직원이 많이 필요하다고 한다. 선생의 말로는 당신 가게는 월급을 꽤 많이 주는 편이라고 한다. 그런데 아무리 월급을 많이 줘도 직원들 구하기가 어렵단다. 어쩌다 겨우 직원을 구해도 일주일도 못 버티고 나가기가 일쑤다. 이유인 즉, 요새 젊은 기술자들이 강북보단 강남에서 일하기를 선호해서란다. 근무조건만 보면 강남은 강북보다 일하는 시간도 짧고 월급도 박봉이다. 일하는 시간이 짧다는 건 사수로부터 기술을 배우거나 자신의 기술을 사용할 시간이 적다는 걸 의미한다. 그 부분만 보면 기술자들이 강남으로 몰릴 이유가 전혀 없어 보인다. 그런데 오히려 그걸 반긴다고 한다. 그 알쏭달쏭한 문제의 답은 근무조건이 아니라 근무환경에 있다. 요새 젊은 기술자들은 여러 사람들과 답답한 가게 안에서 오래 부대낄 필요가 없다는 생각이 지배적이고, 비록 강남이 월급은 적게 받지만 손님이 주는 팁이 많기 때문에 만족한다는 것이었다. 손님 눈치 보랴, 시간 맞춰 머리하랴, 육체적, 정신적 스트레스를 받았을 선생의 상황이 충분히 이해가 되었다.

미용 기술자들이 강남으로 쏠리며 박순화 미용실이 겪고 있는 어려움이 왠지 이곳만의 위기는 아닌 듯 느껴졌다. 자본의 유입만이 문제가 아니라 자본만을 따라가는 사람들도 문제라는 생각이 들었다. 단골 미용실이 없어지는 건 자주 가던 음식점, 카페들이 사라지는 것과는 또 다른 허전함이다. 특별히 머리를 자를 일이 없는 날도 지나가며 괜히 미용실이 잘 있나 살펴보게 된다. 일명 '서촌병'이다.

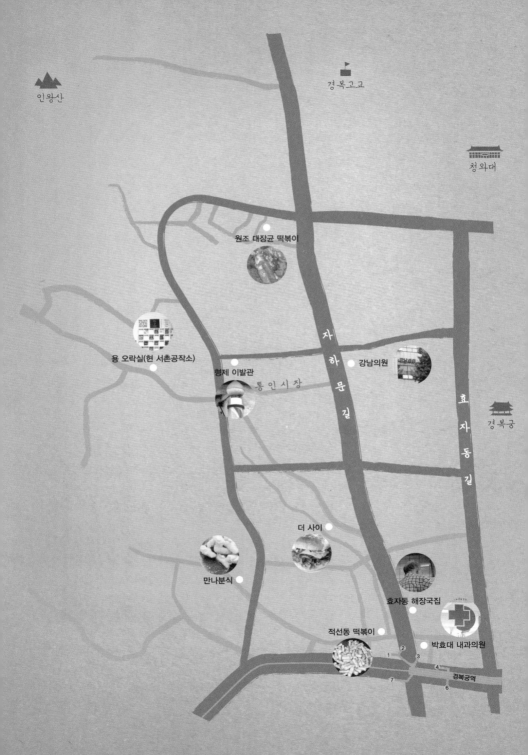

인왕산

경복고교

청와대

원조 대장균 떡볶이

용 오락실(현 서촌공작소)

형제 이발관

통인시장

강남의원

자하문길

효자동길

경복궁

더 사이

만나분식

효자동 해장국집

박효대 내과의원

적선동 떡볶이

1 2 3 4

7 경복궁역 6

四 ○ 서촌 토박이, 그들만 아는 이야기

01
서촌의
마지막 오락실,
용 오락실

西
村
方
向

20세기의 끝자락인 1980~1990년대, 그야말로 오락실의 르네상스 시대였다고 해도 과언이 아니다. 물론 다른 학교 주변 지역도 그랬으리라 생각되지만 특히 서촌 일대는 경기상고, 경복고등학교, 청운중학교, 대신중학교, 매동초등학교, 청운초등학교 등 남학교가 밀집해 있어 그 일대는 13개의 크고 작은 오락실들이 있었다. 삼성 오락실, 오뚜기 오락실, 효자 오락실, 신교 오락실 등등 지금은 사라져버린 추억의 이름들이 방과 후 사교육 따위는 관심도 없던 아이들의 열기 속에 발 디딜 틈 없이 꽉꽉 차 있던 시절이 있었다. 엄마들과 선생님들이 아이들을 잡으러 오락실을 뒤지고, 아이들은 여기저기 오락

용 오락실이 떠나던 날. 할머니를 배웅하러 갔다.

실로 도망 다니고 그러면서도 끊임없이 친구들과 학교 끝나고 어디 오락실에서 만나자, 누구랑 팀을 짜서 오락을 하자 작당모의를 했다. 오락실에 가면 막상 돈이 없더라도 옆에 앉아 구경만 해도 좋고 시간 가는 줄 모르는, 그저 100원 하나만 있으면 세상 부러울 것 없이 즐길 수 있는 세상이었다.

그러나 대형 학원이 생기고, 인터넷 강의가 나오고, PC방이 등장하자 오락실들은 하나둘씩 사라지고 치킨집, 미용실, 세탁소 등 다른 가게들이 그 자리를 대신했다. 하지만 변화 속에서도 우직하게 최근까지 운영되어온 단 하나의 오락실, 서촌의 마지막 오락실이 되어버린 용 오락실과 20년 동안 한결같이 오락실을 지킨 주인 할머니가 있었다.

할머니는 언제나 손자 얘기와 자랑에 여념이 없었다. 할머니는 1980년대 중반 서울로 손주 세 명을 데리고 이곳 서촌으로 이사를 왔다. 늘 부지런히 다니고 오지랖 넓게 참견하는 성격 덕분에 서촌 일대에서 용 오락실 할머니를 모르면 간첩이었다. 할머니는 유독 나의 결혼에 관심이 많았다. 만날 때마다 '샥시'는 언제 데리고 오냐고 물었다. 나는 아직 어리다고 모르겠다고 어물쩍거렸지만 할머니는 늘 단호하게 말했다.

"여자는 다 필요 없고 걔네 애미를 보면 알아. 병아리도 지 애미 하는 대로 쫓아하는 법이여. 요새 샥시들 보니께 남편 구박하고…. 많이 배운 것들이 돈만 밝히고 천박하게 못써 그럼. 100만 원 벌면 그거에 맞춰 살면 되고, 200만 원 벌면 그거에 맞춰 살면 되지 쫏…."

이 작은 공간에서 재봉틀을 돌리고 동전을 교환하며
20년 동안 오락실을 지킨 할머니.

예전의 용 오락실 자리를 인수하여 현재는 '복합문화공간 옥인상점X서촌공작소'로 사용하고 있다.

할머니는 본인의 말대로 자신 또한 돈만 밝히는 천박한 장사치
가 아니었다. 근처 모 오락실이 최신 빠찡꼬 기계로 돈을 하루에 몇
백만 원씩 벌기 시작하며 일대 오락실이 다 빠찡꼬로 변해갈 때 할머
니도 주변에서 어서 빠찡꼬로 바꾸라는 권유를 받았는데, "나는 그렇
게 돈 벌지 않고, 아가들에게 그런 것 시키지 않는다"고 일언지하에
거절했다고 한다. 오락실을 단지 돈만 보고 한 게 아니라 아가들(학생
들)에게 불건전하다고 생각하는 건 절대 거부했다. 그렇다고 그저 고
리타분하고 쓴소리만 하는 분도 아니었다. 어찌나 기억력도 좋고 젊
은이들 감각까지 갖추었는지 게임 기판도 혼자 척척 갈고, 운 좋은
날에는 철권을 즐기는 할머니 모습도 볼 수 있었다. 그리고 설이나
추석 같은 명절이 되면 학생들은 할머니에게 세배를 하러 오락실을

옥인상점의 내부.

방문했고 할머니는 공부 열심히 하라는 덕담과 함께 100원씩 세뱃돈을 주곤 했다. 물론 그 돈은 고스란히 오락실 기계로 들어가긴 했지만 말이다.

용 오락실에는 그 흔한 동전교환기도 없었다. 할머니가 취미로 한 옷 수선용 재봉틀이 있는 작은 단칸방이 동전 교환실이었다. 문이 닫혀 있을 땐 벨을 누르면 어디선가 할머니가 달려와서 얼른 동전을 바꿔준다.

내가 할머니랑 한참 얘기를 하며 오락을 하고 있는데, 오락실에 키 크고 노란 머리를 한 외국인이 들어왔다. 그리고 어눌한 말투로 "여기 1,000원이요" 하며 할머니에게 공손하게 돈을 건네는데 마치 영화 〈웰컴 투 동막골〉에서 하늘에서 떨어진 스미스 대위가 옥수수를 먹고 있는 모습처럼 어색해 보였다. 하지만 할머니 앞에서는 모두 손자가 된 느낌이랄까? 그런 모습에 기분이 흐뭇해졌다.

한국의 수도 한복판인 서울에서 우리 어린 시절 따뜻한 감성을 느낄 수 있는 몇 안 되는 공간이었던, 그래서 더욱 소중하게만 느껴졌던 서촌의 마지막 오락실 용 오락실은 2011년 봄이 지나가던 날 문을 닫았다. 소식을 들었을 때 적지 않은 충격을 받았다. 다른 곳이 사라질 때보다 훨씬 더 아쉬웠다. 나의 유년시절이 고스란히 남아 있는 그곳이 다른 누군가에 의해 망가지고 사라질까 봐 걱정이 되었다. 나는 며칠간 고민하다 용 오락실을 인수하기로 결정했고, 지금은 서촌을 연구하고 알리는 곳인 서촌공작소로 사용하고 있다. 용 오락실이 워낙 낡아서 대대적인 수리와 리모델링을 거쳐야 했지만, 한쪽 벽에는 오락실에서 사용한 '사용자 준수사항'을 그대로 걸어놓고 지금도 가끔씩 쳐다보며 아련하고 애틋한 그 기억을 돌이켜본다.

효자동

숨어서 한철을 효자동에서 살았다
종점 근처의 쓸쓸한 하숙집

이른 아침에 일어나
꾀꼬리울음을 듣기도 하고
간혹 성경을 읽기도 했다
마태복음 5장을, 고린도전서 13장을

인왕산은 해질 무렵이 좋았다
보랏빛 산덩어리 어둠에 가라앉고
램프에 불을 켜면
등피에 흐릿한 무리가 잡혔다

마음이 가난한 자는 복이 있나니…

아아 그 말씀. 그 위로

그런 밤일수록 눈물은 베개를 적시고, 한밤중에 줄기찬 비가 왔다

이제 두 번 생각하지 않으리라
효자동을 밤비를 그 기도를
아아 강물 같은 그 많은 눈물이 마른 강바닥에
달빛이 어리고
서글픈 편안이
끝없다

02
효자동
해장국집
이야기

西
村
方
向

경복궁역 근처에 허름한 해장국집이 하나 있었다. 이름은 '원조 뼈다귀 해장국집'이었지만 사람들은 그냥 '효자동 해장국집'으로 불렀다. 열 자리 남짓, 작고 허름해도 50년 내력을 지닌 데다 걸쭉할 정도로 진한 뼈다귀 해장국으로 이름이 나서, 이 집 해장국을 며칠 못 먹으면 입이 심심하다는 골수팬도 많았다. 시원한 열무김치 맛 또한 예술이라 국보다 김치에 입맛 다시며 오는 이도 있었다. 이곳을 스쳐갔던 여러 가지 많은 인연 중에 작은 역사가 된 이야기를 소개해보려고 한다.

　이야기의 시작은 해장국집에 걸려 있던 한 액자로부터 시작된다. '효자동 해장국집'이라는 제목에 시원한 글씨체로 써내려간 글씨들이 적힌 액자. 마치 시 같기도 하고, 가사 같기도 한데 뭘까? 사인도 제각각이었다. 한돌, ㅈㅓㅇㄱㅣㅇㅛㅇ…. 나는 궁금증을 갖게 되었고 주인 할아버지에게 액자에 대해 물어보았다. 할아버지는 단골손님이 써준 거라고만 짤막하게 말했다. 속 시원한 대답을 듣지 못한 나는 액자에 대해서 개인적으로 조사를 했고, 그 과정 속에서 흥미로운 역사의 단편을 발견했다.

사진으로 남은 액자. 이것을 바탕으로 그 내용을 복원하였다.
이 글은 노래로 만들어져 2009년에 한돌 씨의 앨범에 수록되었다.

해장국 한 그릇에 문화를 담다

효자동 해장국집은 문화계 인사들에게는 동네 복덕방 혹은 주막 같은 곳으로 통했다. 출판인 김경희 씨, 미술평론가 성완경 씨, 건축가 정기용 씨는 이 효자동 해장국집의 20년 단골이었고 그밖에도 수많은 문화계 동지들이 그곳을 찾았다. 그러던 어느 날 우연히 건축가 정기용 씨와 음악가 한돌 씨와 디자이너 안상수 씨가 효자동 해장국집에서 우연히 만나 같이 술을 마시게 되었다. 이분들이 누군지 잘 모르는 분들도 있을 것 같아 설명을 잠깐 하자면, 정기용 씨는 대한민국 공공건축에 한 획을 그었다고 평가될 정도로 유명한 건축가고, 얼마 전 그에 대한 다큐멘터리 영화 〈말하는 건축가〉로 우리에게 이름을 알렸다. 안상수 씨는 그래픽 디자이너로서 특히 한글 글꼴 디자인과 타이포그래피 디자인 분야에 큰 업적을 남긴 사람이고, 한돌 씨는 '개똥벌레'를 작곡한 음악가다. 다들 각자의 분야에서 뛰어난 실력으로 이름만 대면 모르는 사람이 없을 정도의 유명한 사람들이다. 그런 내로라하는 재주꾼들이 술자리에서 만났으니 뭔가 재미있는 얘기가 없을 리 없다.

정기용 씨와 안상수 씨가 이런저런 얘기를 나누다 한돌 씨에게 이 집에 얽힌 따끈한 인연을 노래로 만들어 연말 음악회를 열자고 의기투합했다. 정기용 씨가 작사를 하고, 한돌 씨가 막걸리 한 사발 시원하게 들이키고 즉석에서 작곡해서 노래를 불렀고, 안상수 씨는 그 자리에서 바로 달력 한 장을 찢어 그 위에 가사를 써내려갔다. 그렇게 의기투합하여 완성시킨 노래에 '효자동 해장국집'이란 제목을 붙였다. 그들은 기세를 몰아 홍대에서 '효자동 해장국집'이란 제목으로 음악회까지 열었는데, 정기용 씨는 음악회에서 "때려 부수는 것을 경축하는 도시 서울에서 효자동 해장국집처럼 변치 않고 자기 자리를 지키는 것의 멋을 찬양하자"고 했다. 하지만 그들이 찬양한 효자동 해장국집은 안타깝게도 2009년 어느 날 허무하게 사라졌고, 건축가 정기용 씨는 2011년 대장암으로 세상을 떠났다. 이젠 '효자동 해장국집'이란 노래를 추억할 곳도, 추억할 인물도 사라져버린 셈이다.

사라진 액자를 복원하며

2011년 어느 날, 우연히 예전 액자에 대해 조사를 하며 모아놓은 자료를 보던 중 운 좋게도 효자동 해장국집 액자를 찍은 사진 파일을 발견했다. 실내에서 찍어 화질도 좋지 않았고, 달력과 형광등 빛이 반사되는 등 이미지 상태가 썩 좋은 편은 아니었지만, 혹시나 흘러간 노래와 추억을 잊지 못하는 분들이 계실까 봐 디지털 복원작업을 하기 시작했다. 세 달의 복원기간을 거쳐 나름 만족할 만한 수준의 결과물이 나왔고, 차근차근 복원하는 과정은 개인 블로그를 통해 소개하기도 했다.

그러던 어느 날 낯선 번호로부터 전화 한 통을 받았다. 놀랍게도 효자동 해장국집 주인 할아버지의 아드님이었다. 그분은 인터넷으로

예전 효자동 해장국집의 내부.
메뉴도 해장국 딱 하나였다.

내가 액자를 복원하는 작업 과정을 보고 고맙다는 말을 전하고 싶었다고 했다. 할아버지는 건강상의 이유로 해장국집을 그만두었고 현재는 요양 중이라는 소식도 전해주었다. 효자동 해장국집 멤버들을 많이 그리워하신다며, 정기용 건축가의 장례에도 다녀오셨다고 한다. 가게의 다른 물건은 다 버렸지만 액자만은 떼어와서 집에 잘 보관하고 있다고 말했다. 아드님 또한 서촌에서 태어나고 자란 주민이라 이런 저런 얘기들과 추억을 섞으며 반갑게 얘기를 나눴고 나중에 동네에서 한 번 만나기로 하고 통화를 마무리했다.

나는 전화를 끊고 나의 노력이 누군가에게 기쁨을 줬다는 뿌듯한 마음과 함께 한편으로 아쉬움이 들었다. 고이 간직한 그 액자가 세상에 알려져 더 많은 사람들이 본다면 효자동 해장국집의 아름다운 이야기를 더 나눌 수 있을 것 같았기 때문이다. 하지만 나는 원본 액자를 전시할 수 있도록 내게 줄 순 없겠냐는 말은 차마 하지 못했다. 할아버지가 얼마나 아꼈으면 그 액자를 고이 간직하고 있을까 생각이 들었기 때문이다.

음식 하나로 모여 오랫동안 우정을 나누고 문화를 만들어온 효자동 해장국집 같은 구수한 이야기. 새로운 곳이 쉬이 생겼다가 또 금방 사라지는 것을 반복하고 있는 이 시대에 언제 어디서 또 만들어질 수 있을까? 오늘따라 진한 해장국 한 그릇이 먹고 싶어진다.

해장국집의 마지막 모습. 이곳은 현재 은행 자동화점이 들어서 있다.

03
서촌 아저씨들의
귀한 사랑방,
형제 이발관

西
村
方
向

경복궁 내 국립민속박물관에 가면 '추억의 거리'라는 야외전시장이
있다. '추억의 거리'는 옛날 이발소를 비롯해 다방, 양장점, 만화방,
사진관, 한약방, 포목전, 전차와 포니 자동차 등 1960~1970년대의
일상을 재현해놓은 곳이다. 그중 이발소의 이름은 화개 이발관이다.
서울 종로구 정독도서관 앞에서 50여 년 동안 영업하다가 2007년
문을 닫은 화개 이발관 내부를 완벽하게 재현했다. 국립민속박물관
측에서 당시 화개 이발관의 의자, 이발도구, 이발소 그림 등 각종 물
품을 수집해 보관해왔기 때문에 가능한 일이었다. 나름 당시의 분위
기를 돋우기 위해 라디오도 그럴싸하게 틀어놓았지만, 이발사도 손

마치 영화 세트장 같지만 실제 영업 중인 곳이다.

님도 없는 텅 빈 이발소에 허전하게 울려 퍼지는 구슬픈 옛날 가요가
사람의 온기를 채워주진 못했다. 구경꾼만 가득한 박제된 공간을 보
고 있자니 부족함과 안타까움이 남는다.

　　지금이야 남녀노소 누구나 자연스럽게 미용실에 가서 머리카락
을 다듬는 시대지만 내가 어렸을 적만 하더라도 남자는 이발소, 여자
는 미용실로 구분 지어졌다. 아마 나와 비슷한 또래의 남자아이들이
라면 누구나 한 번쯤 아빠와 함께 목욕탕을 갔다가 이발소에 들렀던
기억이 있을 것이다. 내가 이발소를 드나들기 시작한 건 남자와 여
자의 구분이 없던 무분별한(?) 시기에서 남녀칠세부동석의 가르침을

거쳐 초등학교에 입학하기 시작하는 딱 그때쯤부터였다.

그런데 언제부턴가 남자들도 미용실을 가기 시작하면서 동네에 성행하던 이발소는 하나둘씩 사라졌다. 몇몇 이발소들이 퇴폐 영업을 하면서 이미지가 안 좋아진 이유도 있었던 것 같다. 그렇게 점차 이발소는 설 곳을 잃어갔고, 결국 박물관 추억의 거리에 박제되어 보존하는 지경까지 이르렀다. 하지만 아쉬움도 그만, 추억의 거리를 가지 않아도 여전히 손님들로 북적이며 동네 아저씨들의 사랑방 역할로 생동감 넘치는 이발소를 만날 수 있다. 게다가 경복궁에서 멀리 떨어지지 않은 서촌에서 말이다. 시간을 품고 있는 동네 서촌에는 일명 '효자동 이발소'라고 불리는 이발소가 여전히 성업 중에 있다. 옛날 모습 그대로 영업 중이라 더 반가운 효자동 대표 이발소. 일명 효자동 이발소라고도 불리는 이곳은 동명의 영화가 우리에게 널리 알려져 있다.

형제 이발관

통인시장에서 군인아파트로 올라가는 길목에 아주 낡고 허름한 이발소 하나가 눈에 띈다. 이름은 형제 이발관. 이발소보다 더 오랜 역사가 느껴지는 명칭이다. 동네 어르신들 말씀으로는 형제 이발관은 터만 한 60년 정도 되었고, 지금의 김재호 이발사가 운영한 지는 25년 정도 되었다고 한다. 만만치 않은 내공의 시간이다. 고등학생이 되자 슬슬 멋 부리기에 눈을 뜬 나는 젊고 예쁜 누나들이 많고 머리를 다 자르고 나면 상큼한 무스와 스프레이를 뿌려주던 미용실을 점점 선호하기 시작했고 그렇게 이발소로는 자연스레 발길이 뜸해졌다.

그로부터 꽤 많은 세월이 흘렀지만 오랜만에 들른 형제 이발관은 그대로였다. 우선 아버지들 향기의 2대 원천인 로션과 스킨 향이 확 풍겨왔다. 흔히들 쾌남이라고 부르는 그 진한 향기 말이다. 그리고 삐걱거리는 진한 녹색의 벨벳 의자와 검버섯처럼 군데군데 벗겨진 전면의 거울, 녹슬고 찌그러져 제대로 닫히지도 않고 반쯤 열린 오래된 금고, 어린이 손님들의 간이 의자를 만들어주는 나무판, 나무판 면도날을 세우는 늘어진 쇠가죽과 머리 감기는 조리. 그리고 파란 욕실용 타일이 가득 붙은 머리 감기는 세면대까지. 어릴 적 목욕을 마치고 아빠 손을 잡고 들어선 그때 그 시절의 시간을 고스란히 돌려놓은 듯한 기분을 안겨주었다. 예전에 옷장 안에는 만화책도 많이 있었는데 어린이 손님이 없어지면서 자연히 없어졌는지 보이지 않았지만, 순서를 기다리며 만화책을 읽은 기억만큼은 생생하게 났다. 주인 아저씨는 이발관의 오래된 모습이 너무 좋다고 했다. 그래서 삐걱거리던 나무로 된 창문을 바꾼 것 빼고는 하나도 손을 안 댔다고 한다. 주인아저씨의 그런 노력 덕분에 형제 이발관은 다행히 옛날 모습을 그대로 간직할 수 있었다.

예전에는 주로 아버지랑 형이랑 지금은 사라진 대호탕에서 목욕을 하고 길 건너 형제 이발관에서 머리를 깎았다. 기계충으로 머리통

박물관에서나 볼 수 있는 의자와 기구들.
이런 곳이 사는 곳 가까이 있다니 왠지 모를 뿌듯함을 느낀다.

이 땜통이 되고 보라색 요오드 액으로 땜통을 메우던 시절이었다. 깎아낼 것도 없는 중학생 까까머리를 '바리깡'으로 사정없이 밀어붙이던 아저씨는 그래도 겨울이면 면도할 때 바르는 비누거품이 살갗에 닿아 차가울세라 난로연통에 문질러 따사한 기운을 불어넣어 주었다.

나는 방학이 되면 으레 개학 전까지 머리를 깎지 않았다. 알량한 머리를 조금이라도 길러보고 싶은 마음도 있었고 돈도 아까웠다. 그때의 여름방학도 그런 마음에서 출발했다. 방학 내내 머리를 기르다 개학 하루 전 머리를 손질하러 이발소에 갔다. 가는 날이 장날인지 그날 형제 이발소는 휴무였고 결국 나는 머리를 손질하지 못하고 덥수룩한 그대로 학교에 갔다. 그리고 선도부에게 박박 머리를 잘렸다.

대통령의 이발사 제의를 거절하다

형제 이발관은 청와대 직원들이 특히 선호한다. 청와대 근처에 있어서기도 하지만 청와대 직원들 특유의 단정하고 깔끔한 이발을 전문으로 하기 때문이다. 덕분에 '효자동 이발소'라는 별명으로 불리기도 한다. 사실 이발사 아저씨는 박정희 대통령 시절 이야기를 다룬 영화 〈효자동 이발사〉와 아무 관계가 없지만, 실제로 김대중 대통령과 노무현 대통령이 청와대에 있을 때 대통령 전속 이발사로 오라는 제의도 받았다고 한다. 청와대 직원들이 죄다 형제 이발관으로 머리를 자르러 오다 보니 소문이 대통령 귀에까지 들어간 것이다. 하지만 아저씨는 그 제의를 깨끗이 거절했다. 지금의 가게와 자신을 찾는 손님을 버릴 수가 없어서였단다. 또 영화 〈효자동 이발사〉 제작진들이 찾아와 주연을 맡은 배우 송강호 씨에게 이발하고 면도하는 것 좀 가르쳐달라고 했지만 아저씨는 그 제안마저 바쁘다고 거절했다고 한다. 다른 이발소들이 다 사라지고 외면 받는 시대에 바빠 봤자 얼마나 바쁘겠냐고 생각할지도 모르겠지만, 어떤 국회의원은 형제 이발관에 머리 자르러 왔다가 손님이 너무 많아 두 번이나 헛걸음하고 돌아갔을 정도라고 하니 얼마나 많은 단골들의 사랑을 받는지 짐작이 간다.

오랜만에 직접 가본 형제 이발관에는 손님이 많았다. 대부분은 중년 아저씨들이었는데, 미용실처럼 얌전히 앉아 순서를 기다리기보다 다들 자기 집처럼 커피 들고 돌아다니며 얘기하는 편안한 모습이었다. 좁은 소파에는 덩치 큰 아저씨 두 분이 앉아 있었지만 어릴 적 동창을 만난 듯한 표정으로 이야기를 나누고 있었다. 이발관 안은 이발을 하러 온 건지 수다를 떨려고 온 건지 모를 분위기였다. 그곳은 단순히 머리를 자르는 곳이 아니라 한 동네에서 2, 30년을 산 아저씨들이 모여 인생사를 풀어놓는 사랑방이었다.

04
적선동
떡볶이
할머니

경복궁역 2번 출구 바로 앞에 있는 금천교시장(혹은 적선시장이라고도 불린다)의 좁은 골목을 따라 약간 올라가다 보면 오른편에 솥뚜껑 같은 철판 앞에 빨간 플라스틱 원형 의자가 놓인 곳이 있다. 반짝이는 간판도 없고 조명이 있는 번듯한 가게도 아니다. 한 평 남짓한 공간에 그저 비닐천막으로 주위를 둘러쌌다. 약 40년 동안 그 좁은 한 평짜리 장소에서 떡볶이만을 팔아온 김정연 할머니의 가게이자 보금자리다. 김정연 할머니는 거의 100세가 다 되었지만 지금도 비가 오나 눈이 오나 날마다 묵묵히 자리를 지키고 있다. 하지만 친절하고 정 많은 할머니를 기대한다면 오산이다. 할머니의 입은 퉁명스럽고 손님에겐 관심도 없어 보인다. 할머니가 만드는 떡볶이는 이름 그대로 떡을 볶아 만들어내는 떡볶이다. 떡볶이에선 투박한 된장과 간장 맛이 진하게 난다. '원조 할머니의 손맛!', '떡볶이계의 새로운 경험!' 사실 할머니의 떡볶이 맛은 이런 환상들과는 거리가 멀다. 특이한 방법이지만 특별한 맛은 아니다. 매스컴에도 나온 적이 없어서 외지인들에게도 거의 알려지지 않았다. 그럼에도 불구하고 동네 사람들이 할머니를 존경하고 끊임없이 찾는 이유가 있다.

몇 해 전 김정연 할머니는 전세금 800만 원과 은행에 저금해서 모은 1,500만 원을 합친 2,300만 원을 사회복지공동모금회에 유산으로 기탁했다. 젊을 적에는 채소와 꽃을 팔고, 나이 든 후로는 떡볶이로 악착같이 번 돈이었다. 또한 할머니가 사회에 내놓은 건 유산뿐만이 아니었다. 70대에 이미 신체 전부를 기증하기로 했다. 이렇게 가진 모든 것을 내놓는 데에 무슨 특별한 이유라도 있는 것일까?

김정연 할머니는 원래 이북 출신으로 개성의 부잣집 딸로 태어나 부모님의 사랑을 듬뿍 받으며 자랐다고 한다. 그리고 한 남자와 결혼을 하게 되었다. 그들 사이에 건강한 세 아이가 태어났고 집에선 웃음소리가 끊이지 않았다. 순조롭고 행복한 나날을 보내던 어느 날, 멀리서 포탄이 떨어지는 소리가 들렸다. 전쟁이 난 것이다. 살림은 갈수록 어려워졌고, 어머니의 장사를 돕던 그녀는 밀린 외상값을 받으러 혼자 서울로 내려왔다. 그런데 그녀가 잠시 집을 떠난 사이 북

자신의 전 재산을 복지단체에 기증하신 할머니.
무뚝뚝한 표정 뒤에 따뜻함이 숨겨져 있었다.

쪽으로 가는 길이 영영 끊겼다. 그녀는 순식간에 이산가족이 되어버
렸고 그 뒤로 가족들을 영영 만날 수 없었다. 할머니는 그 후로 일상
에서 즐거움을 잃었다고 한다. 가끔 즐겁다가도 코가 막힌다고 한다.
이북에서 늙은 어머니가 자식들 데리고 고생할 생각 때문이다. 죄스
러워 제대로 웃지도 못한다고 한다. 아마 할머니는 모든 걸 잃은 느
낌이었을 것이다. 어머니, 남편, 어린 자식들 그리고 웃음까지….

　　그래서일까? 할머니는 평소에 통 웃질 않는다. 그래서 더 불친절
하고 퉁명스럽게 느껴질 수 있다. 하지만 가족에 대한 사랑과 그리움
은 어딘가로 이어졌다. 할머니는 어렵게 모은 돈으로 자식 같은 학생
들을 돕기 시작했다. 그리고 할머니가 등록금을 대준 학생들은 또 다
른 자식들이 되었다. 매년 어버이날에는 꽃이 열댓 개씩 들어와서 시

장 상인들이 "할머니 꽃 장사해도 되겠다!"고 농을 던진다. 뿐만 아니라 나이가 든 학생들이 가끔씩 찾아와서 용돈도 주고 간다. 그게 그렇게 기쁘단다. 그런 자식같은 사람들이 있기에 할머니는 그 외롭고 긴 세월을 살아올 수 있었으리라.

적선積善이라 함은 사전적 의미로 '착한 일을 많이 함'이다. 김정연 할머니는 떡볶이를 팔아 돈을 버는 장사꾼이 아니라 사회의 큰 적선가였다. 신문에서 보고 듣기만 하던 그런 적선가가 이름 그대로 적선시장에, 이렇게 가까이 우리 동네 서촌에 살고 있을 줄이야. 내가 낸 떡볶이 값이 할머니가 또 누군가에게 전달할 적선금이 될 것이라 생각하니 떡볶이를 먹고 나서 마음도 배불러지는 느낌이 든다. 할머니의 오랜 벗인 작은 흑백 TV 옆에 놓여 있는 고운 카네이션 한 송이가 유난히 반짝인다.

할머니께서 직접 개발한 떡볶이.

특별한 맛은 아니지만 내가 낸 떡볶이 값이
누군가에게 도움이 될 거라 생각하니 마음이 배부르다.

05
한가인이 사랑한
40년 전통 분식집,
만나분식

여학생들과 떡볶이는 떼려야 뗄 수 없는 관계. 수업 끝나고 삼삼오오 분식점에 모여 떡볶이 찍어 먹으며 재잘재잘 수다 떠는 그 맛은 치열한 학창시절에 단비 같은 것이다. 배화여고 앞에 있는 '만나분식'도 그런 여고생들의 추억을 40년간 품고 지내온 오래된 분식점이다. 배화여고 출신이자 유명 여배우인 한가인 씨가 추억의 친구를 찾는 프로그램에서 자신이 즐겨 먹었다는 떡볶이라고 소개해서 입소문을 타기도 했다.

경복궁역에서 2번 출구로 나와 금천교시장을 지나 배화여고 방향으로 쭉 올라가다 보면 왼쪽에 '만나분식 / 할머니집'이라는 간판

튀김의 빛깔부터 남다르다.

을 볼 수 있다. 특이한 점은 만나분식에 밥 종류가 없다는 것이다. 만
나분식에서는 오직 떡볶이, 튀김, 순대, 라면 종류만 취급하는데 그
만큼 다른 데에 신경 쓰지 않고 집중해서 만들기 때문에 음식의 질이
월등하게 좋다. 테이블 위에 놓인 메뉴가 적힌 종이에 먹고 싶은 걸
골라서 체크한 후 할머니에게 가져다 주면 된다. 기본적으로는 선불
이지만 후불로 내기도 한다.

　　단출한 메뉴 중에서 떡튀김이라는 메뉴가 눈길을 끈다. 떡을 튀
겨서 전용소스에 찍어 먹는 형식인데 떡꼬치와 비슷하면서도 차이가
있다. 쫄깃하고 새콤달콤한 만나분식의 떡튀김은 반드시 먹어봐야
할 필수 메뉴다. 떡볶이와는 다른 즐거움을 안겨준다. 물론 기본 메
뉴들인 만나분식 특유의 쫄깃한 떡볶이와 직접 만든 수제 튀김들도

환상적인 궁합을 자랑한다. 튀김은 특히 김말이와 못난이만두가 일품인데 늦게 가면 먹을 수가 없을 정도로 인기가 좋다.

분식점 안은 좁은 공간에도 불구하고 모든 것이 직관적이고 조직적으로 배치되어 있다. 작은 주방에선 모든 것이 할머니 손에 의해 일사불란하게 돌아간다. 벽에는 만나분식이 TV에 방송된 모습이 담겨 있는 액자가 걸려 있다. 맛집 방송을 통해 스마일 할머니로 알려진 만나분식의 이은자 할머니는 70세가 넘었데도 목소리는 젊은 사람들을 압도할 정도로 쩌렁쩌렁하고, 할머니 특유의 유쾌함과 걸쭉한 말투는 만나분식에 갈 때마다 손님을 즐겁게 해준다.

한 곳에서 40년이나 자리를 지키는 건 분명 쉬운 일이 아니다. 게다가 한결같은 맛을 유지하는 건 더더욱 어려운 일이다. 만나분식은 분명히 프랜차이즈 떡볶이처럼 세련되거나 새로운 메뉴는 없다. 하지만 한결같이 직접 속을 만들어서 튀김을 만들고, 옛날 그대로의 메뉴를 유지하며 만나분식만의 소중한 것들을 꾸준히 지켜오고 있다.

맛도 좋지만 유쾌한 할머니 덕분에
기분까지 좋아지는 곳이다.

06

서촌에
미라가 산다?
효자동 강남의원

西
村
方
向

세계에서 가장 무서운 귀신의 집

언젠가 일본 여행을 갔을 때 가장 인상 깊었던 곳 중 하나가 도쿄 외곽에 있는 후지큐 하이랜드라는 놀이동산이었다. 일명 '후지큐'라고도 불리는 그곳은 기네스에 '가장 무서운 롤러코스터'라는 타이틀로 등재된 극악무도(?)한 놀이기구가 무려 세 개나 있는 본격 성인용 놀이동산을 표방하는 곳이다. 전반적인 놀이공원의 아기자기한 느낌은 우리나라의 놀이동산들이 한수 위이긴 하지만 놀이기구의 극악성으로 따지면 비교가 안 된다. 악명 높은 놀이기구 중에 가장 유명한 것이 '전율미궁'이라 부르는 곳이다. 이름부터 수상한 기운을

전율미궁의 외관.

내뿜는 전율미궁은 일명 귀신의 집이라고도 부르는 놀이동산의 대표적인 놀이기구다. 하지만 우리나라처럼 인형들이 나오는 평범한 귀신의 집이 아니다. 좀비가 득실대는 병원을 콘셉트로 2003년에 개장해, 세계에서 가장 무서운 귀신의 집으로 알려져 있고, 우리나라의 10배가 넘는 초대형 규모다. 전체 소요시간이 최소 50분이라니 얼마나 큰지 짐작이 가지 않을 정도다.

평소에 꽤나 담력이 있다고 생각한 나조차도 진짜 거기 갔다가 오줌을 쌀 뻔했다. 인간의 말초신경을 자극하는 공포가 거의 한 시간 동안 이어진다. 아니, 그곳을 빠져나오는 데만 한 시간 정도가 걸린

린다. 제일 무서웠던 건 투명 커튼이 쳐져 있는 수술실을 지나갈 때였다. 병원 특유의 약품 냄새가 진동을 하고 불이 꺼졌다 켜졌다 하는데 문제는 불이 꺼지면 앞으로 한 발짝도 갈 수가 없다. 커튼 사이를 조심조심 가다 옆에서 부스럭거리며 귀신들이 나올 때마다 그야말로 '멘탈붕괴' 상태가 된다. 정말 뒤에 일행만 아니었음 냅다 뛰고 싶은데 뛰려고 해도 불이 켜지지 않으면 뛰질 못하니 문제였다. 정말 비명을 지르지 않을 수 없는 엄청난 공포를 체험하고 돌아왔다.

전율미궁을 다녀와서 문득 어릴 적 기억이 났다. 서촌에도 동네 아이들 사이에서 '귀신의 집'이라고 불리는 병원이 있었다. 바로 효자동에 있는 강남의원이다. 효자동 강남의원에는 특히 미라가 많이 있다는 소문이 파다했다. 강남의원이 우리나라 최고로 손꼽히는 화상치료 전문병원이란 건 나중에 알게 된 사실이다. 해괴한 소문의 진상은 진료과목과 밀접한 관련이 있었다. 원래 이름은 그냥 강남의원인데, 네비게이션이 없던 시절 급한 화상 환자들이 택시를 타고 강남의원으로 가자면 기사들이 다들 강남으로 가는 바람에 앞에 '효자동'을 덧붙이게 되었다고 전해진다.

미라가 사는 병원에 가다!

어렸을 적(부터 지금까지) 유난히 까불던 나는 어느 날 저녁 늦게까지 신교동 60계단에서 친구와 놀다가 그만 다리가 부러지는 사고를 당했다. 누가 더 높은 곳에서 뛰어내릴 수 있는지 자랑하다 어이 없이 생긴 일이었다. 시간은 해가 져서 어둑어둑해지는 저녁이었는데, 다리가 부러져서 집에도 못가고 엉엉 울고 있는 나를 어머니는 집에서 가까운 강남의원으로 데리고 갔다. 왠지 가기가 꺼려졌지만 그 시간에 마땅히 문을 연 병원이 없었고 그곳이 그나마 응급실을 갖추고 있어서 어쩔 수 없이 그리 갔다. '미라가 산다'는 소문을 확인할 수 있는 시간이었다. 그날 강남의원 문을 열고 들어갔을 때 그 무서운 느낌을 나는 아직도 생생히 기억한다.

병원의 건물은 1950년대에 지어져서 낡고 어두컴컴했다. 게다가 일본 건축양식으로 지어진 병원이라 이질적인 분위기를 풍겼다. 건물 곳곳에선 강한 포르말린의 냄새와 음산한 기운 같은 게 있었다. 꼭 전율미궁에서 받은 유령의 집 느낌 그대로였다. 뿐만 아니라 강남의원의 간호사들은 대부분 고무장갑과 고무장화를 신고 마스크를 쓰고 다녔다. 화상 환자들에게 소독약을 한 바가지씩 뿌리는데 몸에 튀는 것을 방지하기 위한 특유의 복장이라고 한다. 한편 치료실에선 비명소리가 계속 들렸다. 화상치료가 그만큼 지독했기 때문이다. 그중 하이라이트는 화상부위를 붕대로 칭칭 감고 다니는 환자들이었다. 그야말로 완전 미라가 따로 없었다. 강남의원에 미라가 산다는 소문이 사실이 되는 순간이었다. 나는 다리가 부러졌는데도 무서워서 엉엉 울며 엄마에게 다른 병원에 가자고 졸랐다. 그리고 그 뒤로 강남

예전 강남의원의 모습.

의원을 "무서운 병원, 무서운 병원"하며 근처에도 가지 않았다. 전
율미궁이 귀신의 집을 표방한 놀이시설이라면 강남의원은 백퍼센트
'리얼' 귀신의 집이었다. 물론 '리얼'이 주는 그 실제적 공포감은 말
할 수 없을 만큼 비교가 불가하다.

전국 최고의 화상치료병원, 효자동 강남의원

　강남의원은 1953년 5월 외과의원으로 개원했다. 초대 원장인
목돈상 원장이 화상에 특별한 관심이 있었던 인연으로 많은 화상 환
자를 접하면서 입을 통해 전국적으로 화상치료의원으로 알려지게 되

었다. 특히 연탄불이나 석유화로를 쓰는 집이 많았던 옛날에는 연탄 불을 석유화로 근처에 됐다가 화로가 가열되어 터지면서 기름에 불 이 붙어 일어나는 화상이 많았다고 한다. 화상을 입으면 흉터가 심하 게 남는데, 흉터 없이 화상을 잘 치료한다고 해서 전국의 화상 환자 들이 모여들 정도로 유명해졌다. 화상은 생각보다 치료가 까다롭다 고 한다. 또한 다른 질환과는 달리 치료에 많은 시간과 정성이 필요 하단다. 현대의학의 발전과 더불어 의료장비가 발달했으나 화상의 경우 환자의 고통을 줄이면서 의료진의 정성으로 상처를 처치하는 것이 무엇보다 중요하다고 강남의원은 말한다.

강남의원을 찾은 사람들은 하나같이 건물의 허름한 외관에 의심 을 가지지만 곧 놀라운 실력에 감탄한다. 다른 병원에서 포기하거나 엉망으로 치료해놓은 상처들도 감쪽같이 없앤다고 한다. 우연이나 홍보에 의한 소문들이 아니다. 강남의원은 50년간의 경험을 토대로 2대째 대를 이어 쌓아온 의술 노하우가 집약되어 있기 때문에 다른 곳에선 받을 수 없는 수준 높은 치료가 가능하다. 광주학생운동 때 발생한 화상 환자들도 강남의원에서 치료를 받았다. 119 구급대원들 도 화상 환자들에게 추천하는 곳이다.

강남의원은 화상을 전문으로 치료하는 병원답게 홈페이지 주소 도 whasang이다. 화상치료 대한민국 넘버원에 대한 자부심이 느껴 진다. 강남의원은 노후한 건물을 허물고 현재 새로운 건물에서 진료

중이다. 깨끗한 건물 덕에 아마 더 이상 귀신의 집으로 불리지 않을 것이다. 병원으로선 지우고 싶은 별명일지도 모르겠지만, 사진 한 장 제대로 못 남긴 채 많은 추억과 이야기를 담고 있는 건물이 사라지니 어쩔 수 없이 마음 한 편에 드는 개인적인 아쉬움은 너무 이기적인 걸까?

현재 새로 개원한 모습.

메　　뉴

떡　복　이	------------------	1,000원
김치복음밥	------------------	2,000원
승혜네정식	-------------	1500원

(떡복이

07
추억 한가득,
원조
대장균 떡볶이

못		300원
계		300원
오		300원
야		300원
오　징	------	300원
찹　　　쌀	------------	300원
꽈　베　기	------------	300원
라　볶　기	------------	2,000원
신라면. 너구리. 짜파게티	------------	2,000원
고구마튀김	------------	300원

西

村

方

向

대장균이라는 이름의 세균은 누구나 한 번쯤 들어봤을 거라고 생각되는, 아마 균 중에서 가장 유명한 녀석일 것이다. 주로 여름철 설사와 식중독을 유발하는 균으로 널리 알려져 있는데, 대장에 많이 존재하여 대장균이라 한다. 1990년도 여름에 언젠가 우리나라에 대장균 파동이 크게 일어나 사람들이 집단 식중독에 걸린 적이 있어 그 뒤에 악명 높은 국가대표 세균으로 자리매김했다.

설사와 식중독을 유발하는 대장균과 음식물은 그야말로 상극이고 천적인 존재다. 그런 대장균이 음식 이름 앞에 붙는다면 어떨까? 대장균 팥빙수, 대장균 제육덮밥, 대장균 짜장면…. 보기는커녕 상상조차 하기 어려울 것이다. 하지만 실제로 대장균이라는 이름이 붙은 음식이 있다면 믿을 수 있을까? 네거티브 마케팅도 이런 네거티브가 없다. 그런데 서촌에는 있다. 바로 '대장균 떡볶이'다. 농담이 아니다. 이름부터 임팩트와 충격이 확 오는 대장균 떡볶이는 별명이 아닌 실제 가게 이름이다. 처음에는 이름 없이 구멍가게 장사를 하다 1990년대에 대장균 파동 이후 떡볶이 가게를 찾는 아이들이 대장균 떡볶이라고 부르다가 공식적(?)으로도 인정되어 대장균 떡볶이라고 간판까지 등장하게 되었다. 게다가 그냥 대장균 떡볶이가 아니다. '원조' 대장균이다.

한때 대장균 떡볶이는 어마어마한 인기를 누렸다. 수업 끝나고 가방 내팽개쳐놓고 몰려드는 아이들로 인산인해를 이루었고, 아이들은 먹을 자리가 없어 가게 앞에 평상을 만들어 옹기종기 앉아 먹고, 바닥에도 앉아 먹고, 사와서 골목길에서도 먹고 그랬다. 그 정도로 인기가 많으니 늘 그렇듯 대장균 떡볶이 집 옆에, 앞에, 뒤에 대장균 떡볶이를 흉내 낸 소위 말하는 '짝퉁' 대장균 떡볶이집들이 여럿 생겼는데, 역시 원조 대장균을 이기기엔 역부족이었는지 시간이 흐르며 자연스럽게 원조만 남게 되었다. 위생이 심각한 사회 문제로 부각되는 요즘 '대장균 떡볶이'라니. 이 글을 쓰면서도 호불호가 심하게 나뉘지 않을까 기대와 걱정이 되지만, 어찌됐건 서촌의 명물을 소개한다는 마음으로 이야기를 꺼내본다.

원조 대장균 떡볶이

　　원조 대장균 떡볶이집은 신교동 서울선희학교 맞은편 빌라 사이의 작은 골목길 입구에 있다. 그곳에서 검은색 철판에 흰색으로 크고 투박하게 쓴 '승혜네 떡볶이'라는 간판을 볼 수 있다. 간판을 따라 골목길로 들어서면 바로 왼편에 있는 빌딩 지하가 대장균 떡볶이 가게이다. 빌라 지하에 있어서 약간은 어두컴컴한 계단을 따라 내려가면 의외로 널찍한 공간에 테이블과 의자가 놓여 있다. 인근에 있는 청운초등학교, 청운중학교, 경복고등학교 등 6개 학교 학생들이 하굣길에 들러 떡볶이를 먹고 가기 때문에 학생들 하교 시간에는 언제나 가게가 북적거린다. 간판에는 '승혜네 떡볶이'라고 쓰여 있고 밑에 작은 글씨로 '원조×××'라고 쓰여 있는데, 자세히 읽어보면 '대장균'이

간판 아래 대장균이라 썼다
지워진 걸 볼 수 있다.

라고 썼다가 지워진 걸 알 수 있다. 처음에는 간판도 없이 판잣집 형태의 작은 가게에서 장사하다가 지금의 자리로 들어오면서 손녀 이름을 따 승혜네 떡볶이라고 가게 이름을 지었다고 한다. 하지만 청운국민학교, 청운중학교, 경기상고, 경복고등학교 중 한 군데라도 나온 분이라면 승혜네 떡볶이 아냐고 묻는 것보다는 대장균 떡볶이 아냐고 묻는 게 더 빠르고 정확할 것이다.

원조 대장균 떡볶이는 신교동에서만 30년째 장사를 해오고 있다. 그동안 몇 번 장소가 바뀌었기 때문에 떡볶이 집에서 역사성을 느끼긴 어렵지만 지난 세월이 고스란히 느껴지는 오래된 식기류들에서 추억이 되살아난다. 세월이 흐르면서 여기저기서 모인 제각각의 컵들이 재밌다. 그리고 보니 옛날에는 떡볶이 아주머니에 관련된 카더라 통신이 참 많았다. 차가 외제차라더라, 건물이 몇 채라더라, 억대 기부했다더라, 아주머니가 이 건물의 주인이라더라는 그런 소문들 말이다. 뭐, 사실 그런 소문이 돌더라도 전혀 이상하지 않을 정도로 장사가 잘 되었다는 얘기다.

대장균의 유래는 떡볶이가 아니라 계란!

승혜네 떡볶이는 한때 학생들 사이에서 대장균 떡볶이라는 이름으로 불렸다. 아주머니 말에 따르면 처음 가게를 했던 집이 낡아 천장이 까맸는데 그것을 학생들이 보고 대장균 떡볶이라는 별명을 붙였고, 그 별명 때문에 학생들 사이에서는 어떤 학생이 떡볶이를 먹고

독특하게 떡볶이 위에 계란후라이를 얹어준다.

대장균에 감염되었다는 소문이 났다고 한다. 하지만 사실 대장균이라는 이름의 계기를 만들어준 건 떡볶이가 아니라 예상치 못한 계란에서다. 대장균 떡볶이는 특이하게 계란후라이를 얹어 먹는다. 삶은 계란에서 100원을 추가하면 계란후라이로 업그레이드된다. 떡볶이와 계란후라이, 희한한 조합이다. 그렇지만 엄청나게 맛있다. 단, 손님이 많을 때는 불가능하니 눈치껏 주문해야 한다. 대장균 떡볶이를 좀 먹어봤다 하는 사람들은 대부분 계란후라이와 먹는 걸 좋아한다. 그런데 바쁠 땐 계란후라이를 못하니 미리 삶아놓은 계란을 준다. 삶은 계란의 판매 구조가 어떤가? 다 떨어질 때쯤이면 다시 계란을 삶아서 바구니에 채워 넣는 식이다. 그러니 밑에 깔려 있는 계란은 까딱하면 오래 방치된다. 그렇게 오랫동안 살아남은 계란은 의례히 상하게 되고, 어쩌다 밑에 남은 상한 삶은 계란을 먹은 손님이 식중독에 걸린 것이다. 대장균 떡볶이집의 명물 메뉴인 계란후라이가 만든 웃지 못할 비극인 셈이다. 그럼에도 불구하고 대장균 떡볶이의 인기는 식을 줄을 몰랐는데, 내 친구 중 윤주필이라는 친구는 하루는 대장균 떡볶이를 먹고 식중독에 걸려 일주일 동안 입원을 했다. 그런데 퇴원하자마자 다시 친구들과 대장균 떡볶이 집을 찾아 떡볶이를 먹었다는 전설적인 이야기가 있다.

최고의 음식은 추억을 먹는 것

누군가 세계 10대 요리사들에게 이런 질문을 했다고 한다. "당신이 죽기 전에 마지막으로 먹고 싶은 음식은 무엇입니까?" 세상에서 맛있고 비싼 요리는 다 먹어보았을 요리사들의 입에서 나온 대답은 사람들의 예상을 빗나갔다. 그들 중 단 두 사람만이 캐비어와 송로버섯이라고 대답하고, 나머지는 모두 햄버거, 콜라, 감자튀김 등 너무나 흔한 음식을 찾았다. 우리로 치자면 떡볶이, 어묵, 김밥과 같은 흔한 길거리 음식인 이것들은 그들이 세계적인 요리사가 되기 전에 제일 즐겨 먹었던 음식이었다. 감옥을 배경으로 한 미국 드라마 〈프리즌 브레이크〉에서도 집행을 앞둔 사형수에게 마지막으로 뭘 먹고

싶은지 묻는 장면이 나온다. 마지막으로 먹고 싶은 음식을 제공하는
건 죽음을 앞둔 사람에게 베푸는 마지막 온정이다. 드라마 속 주인공
은 그다지 먹고 싶은 게 없다고 하다가 결국 사랑하는 아들과의 추억
이 담긴 블루베리파이가 먹고 싶다고 말한다. 블루베리파이, 이 역시
소박한 음식이다. 그들은 과연 음식이 먹고 싶었던 걸까? 음식보다
돌아갈 수 없는 순수하고 행복했던 시절의 추억이 그리웠을 것이다.

　　나 역시 아무런 감흥 없이 먹은 고급 호텔 음식보다 어린 시절
어머니가 해준 음식들이 훨씬 더 소중하다. 김이나 단무지 같은 흔
한 재료들에 고춧가루가 전부였던 그 정체 모를 음식들이 생각날 때
면 나도 모르게 입안에 침이 고인다. 추억이 고픈 것이다. 추억은 힘
이 세다. 세계 최고의 요리사든 사형 집행을 앞둔 사형수든 그들에게
있어 최고의 음식은 바로 추억인 셈이다. 우리의 육체를 지탱하는 것
이 음식이라면, 우리의 정신을 지탱하는 것은 추억이다. 사랑하는 사
람을 잃어도 그와의 추억이 많은 사람은 결코 그를 떠나보낸 것이 아
니듯 말이다. 가족들과 아름다운 추억과 정겨운 장면이 많은 사람들
은 자동차만 바꾸거나 집의 평수만 넓히다 삶을 끝내는 사람보다 훨
씬 풍요롭고 아름다울 것이다. 추억의 힘을 아는 사람은 계속해서 아
름다운 추억을 만든다. 추억이 많은 사람이 부자다.

　　비호감에 가까운 대장균이라는 이름이 가진 힘은 바로 애틋한
추억이다. 어릴 적 친구들과 사이좋게 어깨동무하고 골목을 지나 떡
볶이 집에 가서 작은 얘기 하나에도 까르르 웃으며 신나게 흡입하던,

하교 시간이라 학생들이 가득했다.
그들 사이에 어린 시절 내가 앉아 있을 것만 같다.

다 먹고 나서 옆에 있는 문방구에서 뽑기를 하고, 근처에 있는 오락실에서 해질녘까지 구경하다가 집으로 돌아오던, 기차처럼 연결된 추억들. 그래서 대장균 떡볶이는 내게 늘 추억을 떠올려주는 최고의 음식이다. 가게에는 학교를 졸업한 이후에 찾아오는 사람이 적지 않다고 한다. 취직을 하고 나서 여자 친구와 함께 오는 사람, 결혼해서 아이들을 데리고 오는 사람도 많아 우연히 가게에서 고등학교 시절 친구들끼리 만나는 경우도 있다고 한다.

그러고 보면 나도 그런 손님 중에 하나다. 바쁜 일상 속에서도 잊혀질 만하면 가끔씩 대장균 떡볶이 집을 찾게 된다. 생각해보면 돈이 없거나 배가 고파서가 아니라 그때 그 시절의 추억이 고파서 그런 것 같다. 그곳에서 나는 순수함과 동심을 채운다. 누군가 내게 죽기 전에 먹고 싶은 음식을 꼽으라면 아마 대장균 떡볶이를 떠올리지 않을까? 최고의 음식은 상대적일 수밖에 없다. 이 글을 읽는 분들에겐 어떤 음식이 최고의 음식일까? 아마 모르긴 몰라도 추억이 가득한 음식이었으면 좋겠다. 우리는 모두 추억을 먹고 자라니까 말이다.

서촌의 오래된 동네 의사, 박효대 선생님

나는 근 3년 동안 줄곧 병원 신세를 졌다. 혈기왕성하고 한창 뛰어다
닐 젊은 녀석이 병원에 갈 일이 뭐가 있겠냐만은 이상하게도 근래 들
어 여러 가지 병이 한꺼번에 왔다. 가장 최근의 결핵부터 시작해서
수면무호흡증, A형간염, 정계정맥류, 고환염까지 크고 자잘한 병이
줄줄이 이어졌다. 그동안 살아오면서 잔병이 그다지 없던 편인데, 도
리어 그걸 믿고 몸을 제대로 돌보지 않은 탓이 컸다. 그런데 병원에
자주 가게 되면서 몸은 나았지만 마음의 상처를 많이 받았다. 병원
같지 않은 병원, 의사 같지 않은 의사들이 그렇게 많은 줄 몰랐다. 의
사들의 무성의한 진료 방식과 불친절한 태도에 상처받기도 하고 안

타깝기도 했다. 게다가 내가 수면무호흡증이라는 증세를 보이자 무조건 양압기를 팔고 보려는 장사꾼 같은 의사도 있었고(지금은 다행히 체중조절과 규칙적인 생활로 호전되었다), 환자를 쳐다보지도 않고 얘기하는 의사가 있는가 하면, 어디가 아픈지 제대로 확인해보지도 않고 번갯불에 콩 구워 먹듯 진찰하고 약 받아서 나가라는 의사도 많았다. 나는 성격상 군말을 하거나 까다롭게 구는 편이 아닌데도 불구하고 제대로 진찰을 하는 병원을 찾아 뺑뺑이 돌기도 다반사였다. 병 고치러 갔다가 병 얻어서 온다는 말이 딱 맞았다. 다들 실력들은 어떤지 모르겠지만 의료 선진국이라는 말이 무색할 정도의 안하무인격 서비스에 아프지도 않았던 곳이 아프고, 아파도 그냥 참고 싶을 정도였다.

나의 개인적인 경험으로 모든 의사들을 폄하하는 건 아니다. 오히려 참 본보기가 되는 의사의 이야기를 하고 싶다. 의사는 대부분 뒤에 선생님이라는 호칭을 덧붙인다. 잘못된 표현이라고 알고 있지만 그만큼 의사는 사람들이 존경하고 우러러보는 존재다. 사람의 생명을 돌보고 살린다는 뜻에서 그보다 고귀한 직업은 없을 것이다. 하지만 병원조차도 지나치게 상업성을 띠며 그저 돈벌이 중 하나로 변질되고 있는 요즘은 믿고 갈 만한 병원 찾기가 참 드물다. 그런 면에서 서촌은 한결 낫지 않나 싶다. 명문 대학 이름이 브랜드가 되어 어느 지역을 가더라도 똑같은 이름을 가진 병원들이 난무하는 요즘 자신의 이름 석 자를 걸고 진료를 하는 병원들이 곳곳에 남아 있기 때문이다.

오래된 동네 의사. 선생님이란 호칭을 붙여도 아깝지 않은 분. 40년째 서촌에서 한결같이 환자를 돌보고 있는 박효대 내과의원의 박효대 원장이다. 항상 따뜻하게 걱정하고 가끔은 혼도 내며 진료를 하는 모습은 의사보다는 우리네 할머니 같다. 어렸을 때 감기에 걸리거나 몸이 아프면 어머니는 "병원에 가봐라"가 아니라 "박효대 내과에 가봐라"라고 말했다. 선생님이 진료하고 주사 한 대 빵 맞으면 언제 그랬냐는 듯 다시 펄펄 뛰어다녔다. 물론 유난히 엄살이 심했던 나는 꾀병도 많이 부리긴 했지만 그건 아마 선생님도 알고 있었을 것이다.

오랜만에 만난 선생님은 노란 셔츠에 깨끗한 흰 가운을 입고 환히 웃으면서 나를 맞았다. 선생님을 마지막으로 본 지 15년도 훨씬 지났을 텐데 놀랍게도 나를 정확히 기억하고 있었다. 나뿐만 아니라 부모님과 형님의 이름까지 줄줄이 기억했으니 새삼스레 선생님이 환자들에게 얼마나 많은 애정과 관심을 쏟는지 알 수 있었다. 아마 옛날 박효대 내과 밑에 아버지가 운영하던 양복점이 있어서 기억하기 더 쉬웠을 것이다. 선생님은 한쪽 다리가 좀 불편했던 걸로 기억하고 있다. 환자들에게 다가갈 때 절뚝거리던 기억이 났다. 어릴 적에는

그냥 그런가보다 싶었는데 문득 궁금해져 먼저 물었다. 괜히 실례가
되지 않을까 조심스럽던 나와 달리 선생님은 아무렇지도 않은 듯 편
안하게 자신의 이야기를 들려주었다.

장애인 여학생에서 의사가 되기까지

그녀는 세 살 때 선천성 심근경색을 앓았다고 한다. 불행하게도
당시 의료수준이 충분하지 못했고 적절한 수술을 받지 못해 한쪽 발
을 제대로 사용하지 못하게 되었다. 그렇지만 발이 이렇게 된 건 당
신 인생에 운명과도 같은 일이었다고 고백한다. 그 일로 인해 의사가
되어야겠다고 결심하게 되었으니 말이다. 자기가 아파서 어려서부터
늘 보살핌을 받다 보니 자신도 누군가를 도와야겠다고 생각했다고
한다. 자신도 불편한데 남을 돕고 싶다는 생각을 하다니? 역시 누군

가를 돕고 나누는 마음은 많이 가졌다고 할 수 있는 것도 아니요, 가진 게 없다고 못하는 것만도 아닌 것 같다. 그런데 공부를 썩 잘하는 편은 아니었단다. 단지 긍정적으로 지내려고 노력했고 다행히 좋은 시기에 좋은 스승을 만나 도움을 많이 받았다고 한다.

특별히 기억에 남는 스승이 있느냐는 질문에 이화여대 재학 시절 은사인 윤혜병 박사와의 인연을 들려주었다. 그녀의 지도교수였던 윤혜병 박사는 일찍이 의료 선진국이었던 미국에서 의료 공부를 하고 온 분이어서 의술뿐만 아니라 당시에는 드물게 생각도 많이 열려 있었다. 모르긴 몰라도 아마 그때는 장애인에 대한 차별과 편견이 지금보다 더 심했을 거라 짐작해본다. 하지만 윤혜병 박사는 장애인에 대한 차별이 없는 분이었다고 한다. 장애를 가진 그녀에게도 공평하게 기회를 주었다. 그런 훌륭한 스승의 배려와 응원 덕분에 그녀는

의대를 무사히 졸업하고 개인의원을 차릴 수 있었다.

그녀가 기억하는 서촌, 효자동

그녀가 의대를 졸업하고 이곳에 자리를 잡은 지도 벌써 40년이 지났다. 그녀가 간직하고 있는 서촌에 대한 남다른 추억들과 느낌을 듣고 싶었다. 내가 태어나기도 한참 전인 의원을 개업할 당시의 서촌은 어떤 모습이었을까? 그녀가 기억하는 서촌의 당시 모습은 '가난한 동네'였다. 허름한 한옥이나 기와집에 가족들이 옹기종기 모여 사는 그야말로 서민들이 살던 동네였단다. 하지만 겉은 가난한 듯 보여도 속은 정말 대단한 동네였다고 회고한다. 예전에는 불편한 다리를 끌고 왕진을 다녔단다. 그런데 쓰러질 듯이 허름한 기와집인데도 알고 보면 자식들을 판검사로 만든 집이었다. 그런 집은 허리를 푹 숙이고 들어가야 했다. 가난을 벗어나기 위한 길은 오로지 공부로 인한 성공밖에 없었던 시절이었다. 그때부터 정치 1번지 종로, 효자동의 역사가 쓰여진 것일지도 모르겠다. 또한 인왕산과 지금은 복개되어 사라진 옥류동천의 아름다운 경치와 위치의 특수성 덕분에 동네에 대한 자부심과 애정이 그때에도 지금처럼 가득했다고 한다.

내가 어릴 때만 하더라도 서촌에는 어린이들이 많았다. 청운초등학교는 한 학년당 한 반에 50명씩 10반까지 있을 정도로 아이들이 바글바글 했는데 지금은 많이 줄었다. 당연히 소아과 병원과 관련이 없을 리가 없다. 병원 자리를 옮긴 이유도 바로 그 때문이란다. 언제부턴가 6시가 지나면 환자들이 확 줄기 시작했다. 동네에 아이들뿐만 아니라 사람이 많이 빠져나간 것이다. 그러던 중 선생의 언니(박효대 의원 간호사)가 밤에 경복궁역 근처를 지나는데 거긴 캄캄한 밤인데도 환한 대낮 같고 사람들은 넘치더란다. 그래서 이쪽으로 자리를 옮기게 되었다고 한다. 마침 길 건너편인 내수동에 주상복합건물들이 들어와서 다시 사람들이 많이 찾고 있다. 그런 입장에서 개발이 싫지만은 않으리라. 그래도 예전보다 높은 건물도 많이 세워지고 앞으로 점점 개발이 많이 된다던데 알고 있느냐는 질문에 "원래 가난한 동네였지만 사람 사는 냄새가 나는 곳이었어요. 그런데 지금은 그런 느낌이 점점 줄어드는 것 같아서 안타까워요"라고 했다.

물론 병을 잘 고치면 명의지만 환자의 마음을 위로해주는 것도 명의의 덕목이 아닐까 싶다. 그리고 자신에게 주어진 핸디캡을 어떻게 생각하고 노력하느냐에 따라 가장 큰 장점이 될 수 있다는 것도 배웠다. 흰머리가 많이 나긴 했지만 변함없는 모습을 보니 참 반가웠다. 어찌나 얘기를 신나고 재미나게 하는지 애초에 계획된 시간보다 훨씬 더 많은 얘기를 들려주어서 뒤에서 진료를 기다리던 분들이 본의 아니게 불편을 겪었다. 그래도 아주 즐겁고 소중한 시간이었다. 그와 더불어 선생님의 동네에 대한 애착을 충분히 느낄 수 있었다. 환자의 작은 것 하나까지 기억하고 "맞지요? 맞지요?" 계속 물으며 환자와 소통하는 선생님. 45년째 자하문터널 지나 세검정 교회 뒤의 슬레이트집에서 살지만 부족함이 없다는 선생님. 늘 환자들과 눈을 마주치고 대화하며 진찰을 시작하는 선생님. 서촌 주민들의 건강을 챙기는 우리들의 할머니 박효대 원장선생님이다. 이런 선생님이 있다는 것만으로도 서촌은 분명 살기 좋은 곳 아닐까?

서촌으로 돌아온 연어, 요리사 최우성

얼마 전 신문에서 흥미로운 기사를 읽었다. '미슐랭도 인정한 최고의 요리사, 토머스 켈러'라는 제목의 기사였다. 토머스 켈러는 미국 캘리포니아 주 나파밸리의 작은 도시 욘트빌에 있는 프렌치 론드리 French Laundry의 요리사이자 총주방장이다. 프렌치 론드리는 영국 음식전문지 〈레스토랑〉이 '세계 최고 레스토랑'으로 2003, 2004년 2년 연속 선정했고, 2007년 프랑스의 유명 레스토랑 평가서인 《미슐랭 가이드》로부터 최고 등급인 별 셋을 받아 유지하고 있는 명문 식당이다. 미슐랭 가이드는 프렌치 론드리에 대해 "세심한 기술과 기쁨이 완전무결한 정밀함과 결합해 미각을 깨워 일으키는 음식을 만들어낸다"고 극찬했다. 그의 음식은 프랑스식에 가깝지만 그는 "파인 다이닝fine dining: 고급 외식 전반을 아우르는 용어에선 국적이 중요하지 않다. 이제 는 요리사의 개성과 독창성이 중시된다. 사람들은 '토머스 켈러의 음 식을 맛본다'고 하지 '미국 음식을 먹는다'고 하지 않는다"라고 자신 의 요리를 정의했다.

바야흐로 퓨전(융합)의 시대다. 이 퓨전의 시도가 가장 활발히 이 뤄지고 있는 곳이 아마 미국이 아닐까 싶다. 미국은 다양한 문화와 인종이 공존하는 곳이다. 어떻게 보면 미국 사회 자체가 마치 거대한 퓨전인 셈이다. 어떤 사람들은 미국은 건축, 패션, 음식 같은 문화에 그들만의 고유한 양식이나 색깔이 없다고 비판한다. 하지만 오히려 그 덕분에 외부문화를 자유롭게 개방하고 받아들여서 새로운 것을 창조하고 성장했다. 퓨전의 가장 큰 특징과 장점은 역시 '불문不問'이 다. 퓨전 앞에서는 장르도 국적도 구애받지 않고 오직 개성과 독창성 이 중요하다. 이태리식 파스타와 미국식 샌드위치가 같이 팔리는 식 당과 카페들이 넘쳐나는 시대에 음식점을 한식, 일식, 중식으로 나누 는 것은 이제 고루한 구분이 되어버린 느낌이다.

마침 토머스 켈러 기사를 읽으며 딱 머리 속에 떠오른 한 사람이 있다. 바로 초등학교 동창 최우성이다. 우성이는 미국 명문요리학교 인 C.I.AThe Culinary Institute of America에서 요리를 공부하고, 현재는 서촌에서 자신이 직접 개발한 햄버거를 파는 햄버거 하우스 격식을 차리지 않아도 되는 편안한 분위기의 햄버거 레스토랑 '더 사이'를 운영하고 있다.

미국에서 서촌으로 돌아오기까지

이름에서도 왠지 우직함이 느껴지는 우성이는 청운초등학교 시절 1학년 때 나와 같은 반이었다. 어릴 적부터 덩치가 좋아서 별명이 곰이었다. 우성이는 친구들을 잘 챙겨주는 의리가 있어 반에서 인기가 좋았다. 나도 무척 좋아한 친구였던지라 초등학교 1학년 때 크리스마스카드를 만드는 시간이 있었는데, 반짝이 풀과 색연필로 예쁘게 카드를 꾸며 우성이에게 줬던 기억이 난다. 중학교까지 같이 다니다 나는 서촌에서 멀리 떨어진 예술계 고등학교로 진학을 하는 바람에 동네에서 멀어졌고, 그렇게 각자의 삶을 살다 2008년에 우연히 동네 친구를 통해 우성이의 소식을 들을 기회가 있었다. 우성이가 뉴욕의 유명한 레스토랑에서 요리사로 근무하고 있다는 소식이었다. 나도 마침 뉴욕에 갈 일이 있었기 때문에 더욱 반가워하며 우성이를 만나려고 시도했다. 하지만 안타깝게 연락이 닿지 않아서 만나지 못했다.

그런 우성이를 다신 만난 건 얼마 전 서촌에서였다. 우성이의 아버지는 동네에서 오랫동안 보신탕집을 하고 있었다. 그런데 어느 날 그 자리가 공사 중인 모습을 보게 되었다. 직감적으로 '설마 우성이가 가게를 하는 건가?'라는 생각이 들었고, 그곳을 지날 때마다 혹시

나 싶어 기웃거렸다. 그러던 중 우연히 우성이를 공사현장 앞에서 만
났고, 물어보니 역시나 우성이는 아버지의 자리를 이어 새로운 자신
만의 음식점을 준비하는 중이라고 했다. 가게를 정식으로 오픈하고
축하를 위해 찾은 자리에서 그는 원래 호주에 요리사 자격으로 이민
을 가려고 했지만, 고향을 찾는 연어처럼 본능적으로 서촌에 끌렸다
고 한다. 그래서 호주를 포기하고 서촌에 가게를 열게 된 것이다.

우성이의 오랜 꿈, 더 사이

더 사이의 콘셉트는 '아메리칸 햄버거 하우스'다. 풀이하자면 미국의 전통 메뉴인 햄버거를 새롭고 다양한 재료로 한국에 맞게 재해석해 선보이는 편안한 분위기를 가진 작은 규모의 식당이란다. 미국은 아까 말한 것처럼 프랑스나 이태리만큼 역사와 전통이 없기 때문에 당연히 음식에 대한 역사도 짧을 수밖에 없다. 하지만 유럽, 아시아, 남아메리카 등등의 이민자들이 정착해서 그들의 음식 문화를 미국에 맞게 바꾸려고 노력한 결과 지금의 미국 음식 문화가 탄생한 것이다. 그래서 흔히 미국의 음식하면 패스트푸드라는 이미지를 먼저 떠올리지만 사실 햄버거라는 음식은 알려진 것보다 훨씬 다양하고 풍부하다고 한다. 특히 그가 공부하고 일했던 뉴욕의 경우에는 전 세계의 모든 음식들이 치열하게 경쟁하는 전쟁터였다. 그곳에서 자신이 보고, 느끼고, 경험한 것들을 서촌에 알리고 소개하고 싶었다고 한다.

가게명인 더 사이는 한글의 '서로 맺은 관계'를 말할 때 쓰는 바로 그 '사이'를 영문으로 옮겨놓은 것이다. 더 사이의 테마는 BURGER, MAGIC OF HARMONY다. '조화의 마술', 딱 미국을 뜻하는 표현인 것 같다. 햄버거는 서양과 동양의 사이, 과거와 현재의 사이를 토대로 한 음식이다. 특히 미국으로 유입된 다양한 나라의 음식들, 그리고 그 나라들의 전통적인 음식과 자신이 새롭게 해석한 음식들로 동양과 서양, 과거와 현재 사이를 표현하고 싶었다고 한다.

토마스 켈러는 요리사로서 추구하는 목표를 묻는 기자의 질문에 이렇게 대답했다. "손님들이 내 요리를 먹고 나서 '아, 이 요리는 내가 5년 전 있었던 즐거운 기억을 떠올리게 해요'라고 말하게 하는 것이다. 부와 명예는 허무하다. 추억이 풍요로운 이가 진정한 부자다." 아, 이 얼마나 멋진 말인가! '추억이 풍요로운 이가 진정한 부자다.' 이 말은 내 가슴에 깊숙이 파고 들어왔다.

우리가 이토록 서촌을 사랑하고 돌아올 수밖에 없는 이유는 아마도 추억이 풍요로운 곳이기 때문일 것이다. 더 사이를 C.I.A 재학 시절부터 기획했다는 우성이. 오랫동안 갈고 닦아온 꿈을 서촌에서 이룬 그가 토머스 켈러처럼 '어느 나라 음식이 아닌, 최우성의 음식. 그리고 서촌의 추억을 떠올릴 수 있는 음식'으로 널리 알려지는 그날을 친구로서, 서촌주민으로서 함께 기다리며 늘 응원한다.

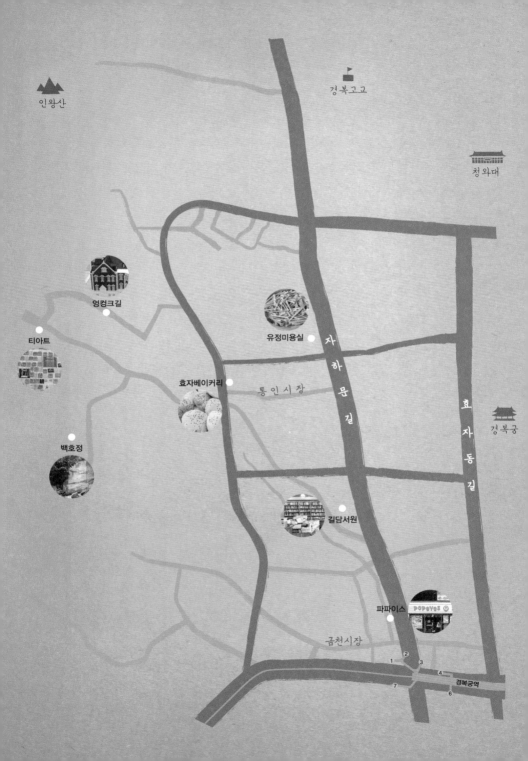

인왕산

경복고교

청와대

엉컹크길

티아트

유정미용실

자하문길

효자베이커리

통인시장

백호정

길담서원

효자동길

경복궁

파파이스

금천시장

1 2
   3
      4
경복궁역
7
      6

五 ○ 서촌의 미래

01

낯섦은
모든 익숙함의
시작이다
– 서촌의 변화 앞에서

西

村

方

向

1996년 봄이 여름옷을 입고 있는 어느 날, 경복궁역 3번 출구에 베스킨라빈스31 매장이 생겼다. 당시에는 '베스킨라빈스'보다 '써티원'이라는 이름으로 더 알려졌었다. 지금은 트위터 같은 SNS에서 새로운 프랜차이즈가 들어온다는 소식이 들리면 걱정과 우려가 앞서는 의견들이 눈에 많이 띄지만, 당시만 하더라도 이런 세련되고 새로운 가게가 들어오면 주민들이 신기해하며 줄을 서서 축하하고 이용해주는 게 경복궁 일대의 동네문화처럼 자리 잡고 있었다.

베스킨라빈스 '써티원' 경복궁역점이 오픈하던 날이 생생히 기억난다. 수많은 학생들을 비롯해서 많은 인근 주민들이 가게 앞에 줄

서촌에서 가장 번화한 거리. 처음 아이스크림 전문점이 오픈한 날이 아직도 생생하다.

을 섰다. 하긴 아이스크림, 그중에서도 '하-드'가 아닌 '소프트 아이스크림'이래봤자 온 가족이 다함께 먹는 빙그레의 '투게더'와 조영남이 광고했던 '하나씩 하나씩 벗겨먹는 엑설런트' 그리고 최수종이 "500원입니다"를 외치며 가격을 정확히 공개해 인터넷실명제보다 더 큰 논란을 일으킨 '구구크러스터'가 대표적이었다. 그밖에도 대형 빙과업체의 빵빠레, 더블비얀코가 있었지만 이탈리아의 아이스크림 스타일인 젤라또gelato는 생소하기 그지없었다. 특히 서른한 가지의 다양한 맛 중에서 자신이 원하는 맛을 골라먹는다는 소비자 중심의 판매 전략은 당시 프랜차이즈의 혜택을 못 받던 서촌 주민들의 관심을 끌기에 충분했다. 아이스크림 전문 매장이라니 겨울에는 과연 장사가 될까 하는 오지랖 넓은 걱정까지 들기도 했다.

그날 그 자리엔 나도 줄을 서 있었다. 처음 가보는 곳에서 괜히

프랜차이즈 가게지만 이들도 이곳에 있은 지 거의 20년이다.

어리바리 하고 싶지 않아서 앞에 있는 사람들이 어떻게 주문하는지 기웃기웃 훔쳐보았다. 이윽고 내 차례가 되자 세 가지를 골라 먹을 수 있는 '파인트'라는 걸 주문했는데, 유리에 붙어 있는 이름표와 아이스크림을 대조하기란 매우 어려웠다. 사실 이건 내게는 지금도 꽤 까다로운 일 중 하나다. '바람과 함께 사라지다', '엄마는 외계인', '아이엠샘' 같은 메뉴를 내 입으로 시키려면 왠지 손발이 오그라드는 느낌이랄까? 게다가 우유부단한 성격까지 만나 아무튼 간신히 이름과 물건을 대조해서 세 가지를 골라 아이스크림 한 통에 결코 싸지 않은 3,400원을 지불하고 기다렸다. 연기 폴폴 나는 드라이아이스가 꼭 갖고 싶어서 집까지 얼마나 걸리냐는 직원의 말에 무지하게 멀다고 뻥을 칠 정도로 순수(?)했던 시절이다. 드라이아이스 연기가 폴폴 나는 예쁜 봉지를 신 나게 이리저리 흔들며 집에 도착해서 뚜껑을 열어 보니 맛있어 보이는 아이스크림이 가득했다. 분홍색 플라스틱 스

푼으로 맛있게 냠냠 떠먹다 보니 또 다른 아이스크림이 나왔다. 갑자기 기분이 이상해졌다. 바빠서 칸막이를 빼먹었나? 아이스크림이 서로 얽혀 있는 모습이 코스모스 보온밥통 반찬통에 있던 노란 계란말이에 빨간 김칫국이 스며든 느낌이랄까. 마지막 세 가지 색 아이스크림 국물의 조화가 만든 경이로운 색은 가히 오묘했다. 예고를 진학하려고 그림을 그리던 어린 미술학도에게 그것은 충격적인 비주얼이었다.

그 이후로 경복궁역 일대는 급속히 변하기 시작했다. 당시의 서촌은 그야말로 프랜차이즈의 전쟁터 같은 곳이었다. 프랜차이즈 매장이 속속들이 경복궁역 근처로 입점을 했다. 베스킨라빈스에 이어 경복궁역 2번 출구의 다복장 모텔 아래에는 당시로선 꽤 큰 규모로 공사가 시작되었다. 공사를 마치고 모습을 드러낸 것이 바로 '파파이스'였다. 파파이스 경복궁역(내자)점은 전체 200호점 중 44호점으로 꽤 빠른 순서로 입점을 했을 정도다(파파이스 본사에 전화해서 물어봤다!). 당시 중학교 3학년이었던 나는 서촌에 생긴 대형 패스트푸드 매장이 생소했을 뿐 아니라 모텔과 패스트푸드의 오묘한 조합(?)에 적지 않은 충격을 받았다. 끝으로 던킨도너츠까지 들어오며 경복궁역 일대의 프랜차이즈 3자 구도가 형성되었다. 이런 변화의 바람이 일어난 이유를 짐작해보면 아마도 1993년 김영삼 정부가 출범하며 청와대 인근 동네에 묶여 있던 각종 규제들을 완화시켜 이 일대에 개발 붐이 일어났기 때문이 아닐까 싶다.

경복궁역 앞에 베스킨라빈스, 던킨도너츠, 파파이스가 들어온 지 거의 20년이 되어간다. 그리고 이제 주변에는 스타벅스, 카페베네가 새로 들어섰다. 우린 이 변화의 바람을 어떻게 받아들여야 할 것인가?

얼마 전 파파이스가 리모델링을 시작했다. 느닷없는 파파이스의 공사현장에 몇몇 사람들은 파파이스가 없어진다고 생각했는지 트위터상에서 아쉬움을 토로하기도 했다. 한편 반대편에서는 새로 들어오려는 카페베네가 공사를 하고 있는데 비판의 목소리가 대부분이었다. 물론 기업 이미지와 개인의 선호도가 고려되어야 하겠지만 같은 대형 프랜차이즈인데 어디는 들어온다고 비난하고 어디는 없어진다고 아쉬워하는 판국이 신기했다. 여기에는 엄연한 이중적 잣대가 존재한다. 파파이스는 오랫동안 있었던 익숙한 곳이고, 카페베네는 새로운 낯선 곳이기 때문이다.

프랜차이즈 매장들은 개성은 덜하지만 부담 없이 이용하기에 편해서 좋은 장점이 있다. 나도 처음에는 이 동네에 스타벅스가 들어와서 깜짝 놀라고 변화의 바람에 분개했지만, 그 뒤로 얼마나 자주 만남의 장소로 사용했는지 모른다. 그동안 이 동네에서 사람을 만날 만한 장소가 얼마나 없었는지에 대해 생각해보면 참 좋은 공간이다. 그럴 줄도 모르고 무조건적으로 새로운 걸 배척하고 비난한 내 자신이 얼마나 우둔했는지 반성하게 된다.

백종열 CF감독이 자신의 홈페이지에서 컴퓨터 마우스를 애플의

오랜 세월이 흘렀음에도 자리를 꿋꿋이 지키고 있는 서촌의 오랜 가게들.
오래된 것과 새로운 것이 서로 조화를 이루며 독특한 분위기를 자아낸다.

매직패드로 바꾼 뒤에 느낀 감정을 이렇게 적었다. "늘 마우스가 손에 익다가 매직패드라는 걸 써보니 낯설다. 마우스에 손가락이 익어서 그렇겠지. 낯선 건 늘 익숙함에 진다. 그런데 모든 익숙함은 늘 시작이 그랬다."

그의 말마따나 모든 익숙함의 시작은 늘 낯설다. 낯선 감정 자체는 나쁜 게 아니다. 그러나 우린 이걸 진짜 나쁜 것들로 종종 착각하곤 한다. 내가 그랬듯이 말이다. 사실 알게 모르게 서촌은 끊임없이 변화해왔다. 이전에도 커핀그루나루 자리에는 강북에서 가장 큰 나이키 매장이 있었고, 강남의원 맞은편에는 웬디스가 있었고, 그밖에 톰스피자, 시카고피자 등 수많은 크고 작은 프랜차이즈들이 생겼다 사라지기를 반복해왔다. 그러므로 서촌이 앞으로 어떻게 변할지는 오랫동안 동네를 지켜온 나로서도 알 수 없는 노릇이다. 물론 익숙함이 사라지는 것은 슬픈 일이다. 하지만 분명한 것은 20년 전에도 그랬지만, 어떤 변화 앞에서도 나는 변함없이 이 동네, 서촌을 사랑하는 사람 중의 한 명으로 지낼 것이다.

02
미국의
동네서점에서
서촌의 미래를 보다.

西

村

方

向

대학을 졸업하기도 전에 광고회사에서 사회생활을 시작한 나는 너무 일찍 사회생활을 한 탓인지 더 늦기 전에 세상에 나가 시야와 견문을 넓히고 많은 경험을 쌓고 와야겠다는 생각이 들었다. 그래서 퇴사를 하고 세계를 여행하게 되었다. 필리핀, 방글라데시, 인도네시아 등 동남아시아 지역에서 노숙자, 나병 환자 등을 대상으로 봉사활동을 했고, 미국에서 다운증후군을 대상으로 한 캠프에서 봉사활동을 하고, 미국 중부 여행을 했다. 그리고 아프리카 탄자니아에서 현지인들에게 컴퓨터를 가르치며 1년간 머물렀다. 전부 이력서에 쓰지도 못하는 경험들이고, 취업에는 별 도움도 안 되는 시간들이었다. 하지만 세계를 돌아다니며 많은 것들을 보고 느꼈고 현재 내가 하는 일들과 밀접한 관련이 있으므로 영 쓸모없지는 않다고 볼 수 있다. 그중 미국 중부 콜로라도의 덴버라는 곳을 여행하며 인상 깊게 방문한 곳을 소개하려 한다.

대다수 사람들이 인정하듯이 우리나라의 삼청동, 인사동은 문화와 예술의 거리에서 이젠 쇼핑과 먹자골목으로 바뀌었다. 한편 파리의 대표적인 명소 샹젤리제 거리도 외제 옷가게가 즐비한 쇼핑가로 전락했다는 비참한 뉴스를 접하게 된다. 어딜 가나 서울의 명동 같은 느낌을 받는다. 개성 넘치는 숍들은 사라지고 획일적인 글로벌 캐주얼 브랜드들이 휩쓸고 있다.

샹젤리제 거리를 글로벌 브랜드들이 휩쓸게 된 것은 치솟는 임대료가 가장 큰 원인이다. 샹젤리제 거리의 상가 임대료는 제곱비터당 연간 7,000~1만 유로(약 1,120만~1,600만 원)에 이르러 자본력이 약한 프랑스 자체 브랜드나 과거부터 이곳에 있었던 브랜드는 떠날 수밖에 없다는 것이다. 결국 광고 효과를 위해 매장을 지탱해줄 수 있는 탄탄한 자본을 가진 글로벌 브랜드만이 버틸 수 있는 구조다. 이런 현상은 샹젤리제 거리뿐만 아니라 한국의 대표적인 명소인 신사동의 가로수길, 강북의 삼청동 같은 곳들도 마찬가지다.

이처럼 경제논리로 인한 무차별적 난개발과 거대자본을 앞세운 대기업들의 난입은 세계적으로도 큰 문제점으로 지적되고 있다. 그

태터드 커버 북스토어 입구.

럼에도 불구하고 공격적인 변화의 흐름을 감당해내기가 어렵게만 느껴진다. 이런 안타까운 현실에서도 로컬라이징Localizing: 현지화 작업을 통해 많은 사람들에게 사랑받고 회자되는 곳이 있다. 전통과 철학의 현대적 계승의 승리라는 점에서 의미가 크고 모범이 되는 사례라고 생각한다. 바로 미국 최대의 독립서점, 태터드 커버 북스토어tattered cover book store다.

태터드tattered는 '낡을 대로 낡은, 누더기가 된, 다 망가진'이란 의미로 태터드 커버 북스토어는 말 그대로 '낡은 표지의 책방'이란 뜻이다. 시간의 영겁이 느껴지는 환상적인 이름이다. 태터드 커버 북스토어는 1971년 미국 콜로라도 주 덴버에서 문을 열었다. 1986년에

태터드 커버 북스토어 내부.

한 번 이전하고 20년이 넘도록 같은 자리에서 운영하다가 2006년 덴버 시내 중심가로 이전했다. 2호점은 1994년 덴버의 로도LoDo에 문을 열었고, 3호점은 하이랜드 랜치Highlands Ranch에 자리 잡았다. 연중무휴로 운영하며 유명 작가들의 사인회를 주최하는 등 훌륭한 소비자 서비스로 유명하다. 훌륭한 건 소비자 서비스나 운영 철학뿐만이 아니다. 서점 곳곳에서 주민이 아닌 단기관광객이었던 나조차도 태터드의 매력을 느끼기에 충분했다. 기둥과 천장은 나무로 은은한 분위기를 이루고, 바닥은 짙은 녹색으로 마감 처리를 해서 마치 숲에 온 듯한 편안한 느낌을 준다. 손님들 분위기도 쫓기듯 책을 고르는 것이 아니라 편안하게 앉아 책을 즐기고 있다는 인상을 받았다.

태터드 커버 한쪽 벽에는 액자가 걸려 있다. 액자 밑에는 '소중한 태터드 커버의 고객이었던 조지 스로George Slough를 추모하며'라고 쓰여 있다. 조지 스로 씨가 유명인물인 줄 알고 인터넷에서 검색해봤지만 아무리 뒤져봐도 나오지 않았다. 알고 보니 그는 덴버의 평범한 주민으로 매일같이 태터드 커버에 들러 벽난로 앞 햇빛이 잘 드는 소파에 앉아 책을 읽던 손님이었다고 한다. 단골이 앉던 자리와 모습을 액자로 영원히 보존해놓은 모습이 인상적이었다. 유명한 곳이라면 유명인의 사인이 벽에 가득 붙어 있는 천박한 마케팅에 둘러싸여 살아온 나에겐 대단히 충격적인 모습이 아닐 수 없었다. 어떻게 보면 서점에서 주구장창 죽치고 앉아 책을 읽는 손님은 진상으로 보일 수도 있었을 텐데!

서점에는 덴버의 한 이동통신회사에서 무료로 무선인터넷을 제공하고 있었다. 미국의 공공장소에서 무료로 무선인터넷을 쓰는 건 찾아보기 힘든 일이다. 손님들은 안락한 소파에서 편히 쉬며 독서를 즐길 수 있다. 방향을 가리키는 표시 하나도 화살표가 아닌 손가락 모양을 걸어놓아서 친근함과 편안함을 준다. 서점 한쪽에는 아이들을 위한 전용 코너도 준비되어 있다. 독서에 대한 즐거움과 몰입도를 높일 수 있도록 아이들이 좋아하는 디즈니 캐릭터와 동물 인형들이 곳곳에 배치되어 있다. 그리고 태터드 커버가 추천하는 어린이 도서가 마치 집에서 흔히 볼 수 있는 풍경처럼 책상 위에 자유롭게 놓여 있다.

그중 내게 가장 매력적이었던 곳은 현지 예술가들을 위한 코너였다. 로컬라이징을 중요하게 여기는 태터드 커버의 성향을 가장 잘 엿볼 수 있었다.

루이스 버즈비의 《노란 불빛의 서점》에서 이 태터드 커버 북스토어의 장점과 특징을 잘 묘사하고 있다.

새로 등장한 대형서점의 모범 사례는 덴버에 있는 태터드 커버다. 서점에는 널찍한 신문 잡지 판매대와 커피바, 레스토랑이 갖춰져 있다. 몇 년 전 태터드 커버는 2호점을 열었는데, 이 매장은 겨우 3층 규모에 지나지 않지만 여러 개의 벽난로와 어린이들을 위한 나무 위 오두막집, 독서 홀 등을 갖추었다. 현재 두 서점은 15만 종에 100만 권의 책을 보유하고 있다. 태터드 커버

단골고객이 책을 읽던 자리를 추모한 공간.

1, 2호점 어디를 들어가도 마음이 진정되는 것을 느낄 수 있다. 왜냐하면 당신은 오랫동안 이곳을 떠날 수 없으리라는 것을 잘 알고 있고, 신간이라면 이곳에서 찾는 편이 현명할 것이기 때문이다. 서점 규모는 당신을 위축시키기보다는 오히려 안심시킨다. 두 서점 다 작은 방과 칸막이가 된 코너들로 나뉘어 있는데 안락의자, 긴 소파식 의자, 독서용 램프 등이 갖춰져 있다.

나는 태터드 커버 북스토어를 바라보며 문득 서촌 통인동에 있는 길담서원을 생각했다. 길담서원은 한명숙 전 국무총리의 남편이자 성공회대 교수인 박성준 씨가 대표로 있는 서점이다. 스마트폰이 보급되고 인터넷이 발달하며 사람들이 점점 책을 안 읽는 현상이 확산되는 가운데 대형서점도 줄줄이 문을 닫는 판에 새로 개업하는 가게가 서점이라니…. 하지만 길담서원은 단순한 서점이 아니다. 2007년 인문학 서점으로 시작한 길담서원에는 방문객 스스로 기획하고 참여하는 공부 모임, 문화강좌가 풍성하다. '길담서원지기' 박성준 교수는 "책과 공간이 있으면 자연히 사람들이 모일 것"이라는 소박한 생각에서 남들은 사양하는 서점을 열었다고 한다. 태터드 커버와 길담서원의 공통점은 '단순히 책을 파는 곳이 아니라 공간을 공유한다'는 점이다. 태터드 커버에서 주민을 위한 작가 사인회나 낭독회를 자주 열듯 길담서원도 특별 강연, 전시회, 음악회 등 다양한 문화행사들이 열린다.

많은 사람들에게 사랑받는 곳의 공통점은 문턱이 낮다는 것이

통인동에 있는 길담서원의 모습.

다. 누구든 주인이 될 수 있고 원하는 일을 할 수 있어야 한다. 나는
서점에 가면 종종 오줌이 마렵다. 책이 한가득 쌓여 있는 책장들이
주는 위압감 때문이다. 하지만 루이스 버즈비도 그의 글에서 밝혔듯
태터드 커버 북스토어는 마음이 진정되는 효과가 있다. 어떤 책을 찾
느냐고 험상궂게 묻는 게 아니라 어떤 책을 읽고 싶으니라고 자상하
게 물어보는 것 같았다. 사소한 소품의 배치까지 본사의 가이드라인
을 따르는 획일화되고 개성 없는 대형 프랜차이즈 매장과는 달리 태
터드 커버 북스토어에는 구석구석 따뜻함이 있었다. 서촌의 길담서
원도 미국의 태터드 커버 북스토어처럼 주민친화적인 현지화를 시
도한 개성 있는 동네서점의 좋은 성공 사례로 오래오래 남았으면 좋
겠다.

03
영원한
추억의 빵집,
효자베이커리

西

村

方

向

얼마 전 홍대의 명소인 리치몬드 제과점이 경영난과 임대료를 버티
지 못하고 결국 문을 닫았다는 소식에 많은 사람들이 안타까워했다.
끊임없이 확장하는 프랜차이즈 제과점으로 인해 동네 제과점을 찾
아보기 힘들어졌다. 한 끼 식사로 밥만큼이나 빵을 즐겨 찾는 시대에
익숙한 상점 중에서도 특히 빵집이 사라진다는 건 식재료를 즐겨 사
는 곳 하나가 사라지는 듯 허전하다.

하지만 서촌에는 주민의 절대적인 사랑을 받으며 프랜차이즈 제
과점과 당당히 경쟁하는 곳이 있어 든든하다. 시끌벅적한 도심 한가
운데 시간이 멈춘 듯한 또 다른 세계를 만날 수 있는 서촌에 장인정

신으로 지켜온 오래된 동네 빵집, 통인동 '효자베이커리'가 있다. 통인시장 입구 근처에서 다른 곳은 10년도 어렵다는데 무려 26년을 묵묵하게 빵만을 고집한 효자베이커리. 대형 프랜차이즈 빵집들처럼 세련되거나 멋스럽진 않지만 어렸을 때 즐겨 먹던 빵들이 고스란히 남아 있어 옛 추억을 상기시켜준다. 효자베이커리 빵을 사겠다는 이유만으로 강남에서 건너오는 손님까지 있을 정도니 뭔가 특별한 것이 있는 게 분명하다.

한창 서촌에 빵집이 많았을 땐 내가 기억하는 것만 해도 크고 작은 곳을 포함해서 최소한 열 곳은 넘은 것 같다. 하지만 대형 프랜차이즈업체조차 효자베이커리를 이기지 못했다. 결국 인근의 뚜레쥬르, 파리바게트, 빵굼터, 신라명과 등이 모두 차례로 문을 닫았다. 매출에 좀 영향이 있긴 했지만 큰 타격은 없었다고 말하는 효자베이커리 사장님. 지난 26년간 빵을 직접 굽고 매장을 운영해오며 쌓은 노하우가 있기에 그에게서 대형 제과점도 감히 넘볼 수 없는 자부심이 느껴진다. 이런 맷집과 자부심이 모이고 쌓여 만들어지는 게 바로 '장인정신' 아닐까?

엄마 손맛 나는 빵

장인정신이 가득한 효자베이커리에는 다른 빵집에서 보기 힘든 메뉴들이 많다. 대표메뉴로는 '콘브레드'와 '블루베리치즈번'이다. 그리고 내가 제일 좋아하는 메뉴 중에 하나인 햄에 양배추와 오이를

올리고 케첩, 마요네즈로 맛을 낸 옛날식 햄버거는 특히 일품이다. 맛은 웬만한 패스트푸드들보다 낫고, 영양은 더 좋은 것 같고, 가격은 훨씬 싸다. 직접 구운 쿠키도 매력덩어리다. 검정깨, 아몬드전병, 초코쿠키, 비너스쿠키 등 10여 종류나 되는 쿠키류는 사장님이 가장 자신 있는 상품이라고 한다. 주인의 자부심만큼 한 번 먹기 시작하면 멈추지 못하게 되는 마성의 중독성이 있다. 그래서인지 선물용으로 인기가 많다. 하지만 뭐니뭐니해도 효자베이커리의 효자품목은 바로 식빵이다. 주인이 가장 심혈을 기울이는 품목이다. 사장님은 식빵

26년을 고집스럽게 한 길만 걸어온 사장님.
빵에 관해서라면 누구에게도 지지않을 자신이 있단다.

은 식사대용으로도 먹을 수 있기 때문에 요즘 같은 현대사회에선 결코 빠져서는 안 된다는 철학을 갖고 있다. 식빵이 맛있다고 소문 나면 결국 그 집 제품들이 모두 맛있다고 고객들은 인식하기 때문에 특히 식빵의 맛에 주의를 기울인다고 한다.

효자베이커리의 또 다른 자랑거리라면 예전부터 지금까지 청와대에 납품하는 케이크다. 어떻게 해달라는 특별한 주문이 있는 건 아니지만 청와대에서 주문받은 제품은 더욱 심혈을 기울여 제작한다고 한다. 그러고 보니 동네 중국집 영화루도 종종 청와대에 배달 간다는 얘기를 들었는데 과연 이 동네의 가게들은 스케일이 다르다.

청와대에 빵을 납품한다고 콧대가 높으면 어쩌냐는 걱정은 접어두어도 좋다. 동네 빵집답게 자주 찾는 손님들에게는 소보로나 크림빵 두세 개씩 담아주는 넉넉한 인심은 기본이고 각 빵마다 친절하게 시식코너도 준비되어 있다. 넉넉한 인심과 오래된 역사 덕분에 입소문을 타서 최근에는 일본 관광객들도 하루에 서너 팀 이상 찾아온다니 더없이 기쁜 일이다. 사장님에게 효자베이커리의 인기의 비결에 대해 물어보니 현대식으로 겉만 화려하고 보기 좋은 빵만 만들지 않고 장인정신이 깃든 '엄마 손맛 나는 빵'을 만들기 때문이라고 생각한단다. 그런 철학을 바탕으로 만들어서인지 효자베이커리의 빵들은 투박하지만 왠지 정감이 간다. 사람으로 치면 느끼한 기름기가 좔좔 흐르는 얼굴처럼 빵 표면에 코팅된 번들거림이 없고 그저 담백하고 투박한 빵 모양 그 자체로 승부한다.

앞으로는 소규모 윈도우 베이커리가 대세!

사장님의 생각으로는 앞으로 소규모의 윈도우 베이커리window bakery가 발전 가능성이 높다고 한다. 윈도우 베이커리란 쉐프가 제품을 만드는 것을 직접 볼 수 있도록 매장과 작업장의 경계를 유리창으로 구분한 데서 유래한 명칭이다. 대형 체인점이 최고의 호황을 누리며 판을 치는 마당에 그렇게 자신하는 이유는 자신의 경험상 지역마다 특색이 있는 품목이 있기 때문이라고 한다. 예를 들면 고구마빵이 잘 팔리는 동네가 있고, 식빵이 잘 팔리는 곳이 있고, 과자가 많이 판매되는 곳이 있다고 한다. 지역마다 거주하는 사람들의 연령과 취향이 다르기 때문에 생기는 현상이다.

그런데 이걸 타 매장에서 그 제품 그대로를 모방하는 경우가 있는데, 제일 중요한 것은 그 지역 사람들이 제일 좋아하는 품목이 뭔지 정확하게 파악하는 것이라고 한다. 이것을 마케팅 용어로 마이크로 타깃micro-target이라고 하는데, 효자베이커리 사장님은 이것을 수십 년간의 경험으로 정확히 알고 있었다. 타 지역에서 잘 팔린다고 해서 그것이 결코 우리 지역에서도 잘 팔린다는 보장이 없기 때문에 아예 프리미엄을 지향하는 고급과자로 가든지, 아니면 아예 우리 지역에서 가장 잘 팔리는 제품으로 가든지 이 둘 중의 하나를 택하라고 말한다. 이도저도 아니면 성공할 수 없는 건 어느 업계 어느 분야든 마찬가지인 것 같다.

우리의 영원한 추억의 빵집으로

서촌 누하동 골목에 새로 생긴 '추억을 파는 가게'라는 이름처럼 요샌 그야말로 추억을 파는 시대다. 미국에 여행을 갔을 때 웬디스wendy's라는 햄버거 체인점에서 '추억의 햄버거old fashioned burger'라는 메뉴를 본 적이 있는데, 그러고 보면 추억 마케팅은 비단 한국에서만 일어나는 현상은 아닌가 보다. 그런 점에서 효자베이커리는 옛 추억을 고스란히 느낄 수 있는 '추억의 빵집'이란 표현이 가장 적절하다. 앉아서 빵과 우유를 먹을 수 있는 테라스만 있으면 옛날 영화 속 친구들과 수다 떨며 포크로 빵을 찍어 먹는 장면이 연출될 듯한데, 안타깝게도 공간이 부족해서 차마 그러지는 못했다고 한다. 모르긴 몰라도 그동안 많은 유혹과 어려움이 있었을 텐데 이곳을 지켜낸 사장님이 대단하게 느껴진다.

사실 효자베이커리에는 기대하는 만큼의 특별함이 없을 수도 있다. 하지만 나는 오히려 그게 매력이라 말하고 싶다. 빵은커녕 밥도 안 먹을 것 같은 비현실적인 연예인들의 모습이 담긴 광고물들과 이름도 기억하기 어려운 복잡한 신제품들로 뒤범벅되어 빵을 먹기 위해 사는 건지 포인트를 적립하기 위해 사는 건지 모르는 정신없는 대형 빵집과는 달리 효자베이커리는 시간이 흘러도 특별함도 없고 변화도 없다. 그런 단순함이 오히려 편안함을 준다. 그렇다고 아예 변화가 없었던 건 아니다. 시대에 따라 빵 종류도 제조법도 많이 바뀌었다고 한다. 예전에는 달았던 팥빵을 요즘은 달지 않게 만들고 당뇨, 고혈압, 아토피 환자도 편하게 먹을 수 있는 건강을 위한 빵도 개발하며 시대에 뒤처지지 않기 위해 노력한다. "초등학교 다니던 꼬맹이가 결혼을 해서 아이를 데리고 왔을 때 가슴 뿌듯함을 느꼈어요"라고 말하는 효자베이커리 사장님은 잊지 않고 찾아오는 단골고객들이 큰 힘이 된다며 늘 감사하는 마음으로 빵을 만든단다. 따스한 햇살이 비추는 날, 효자베이커리에 들러 잠시 추억을 맛보는 것도 좋겠다.

단국대 서촌블루스팀의 효자베이커리 스케치.

04

인왕산 호랑이가
뛰놀던 곳,
누상동 백호정

西

村

方

向

'인왕산 모르는 호랑이 없다'는 말이 있다. 이 말은 '누구나 훤히 잘 알고 있는 사실'을 얘기할 때 쓴다. 그만큼 예로부터 인왕산에는 호랑이와 관련된 이야기가 많았다. '인왕산' 하면 '호랑이'가 연관검색어처럼 떠오르는 이유는 단순한 전설이 아니라 실제로 인왕산에 호랑이가 많이 살았기 때문이다. 그 증거는 과거 사건사고들을 모아놓은 자료들에 잘 나타나 있다. 역사 속에 기록되어 있는 인왕산 호랑이 얘기를 들춰보면 우선 태종 5년 7월에 인왕산 호랑이가 경복궁 안까지 들어왔던 일이 있었다고 하고, 세조 10년 9월에는 창덕궁 후원에 들어왔고, 연산군 11년 5월에는 종묘에 침입했다는 기록이 있다. 호랑이가 민가를 습격했다니 왠지 비현실적인 얘기 같지만 요새 뉴스에 자주 등장하는 도심 속 멧돼지 출현을 떠올리면 영 낯설지는 않다. 아무튼 그밖에도 인왕산 호랑이의 민가에 대한 피해가 이루 말할 수 없이 커서 세조는 친히 세 번이나 인왕산과 백악산^{북악산}에 올라가 호랑이를 사냥했다고 한다. 그 후로 야생동물인 호랑이는 인왕산에서 자연스레 사라졌고 이제는 흔적조차 발견할 수가 없다. 그래서일까. 종로구청에선 인왕산 등산로 입구에 차마 언급하기도 부끄러울 정도로 조악한 황금(?)동상으로 호랑이를 만들어 세워놓고 존재를 추억하고 있다.

서촌과 백호의 인연

수많은 호랑이 중에서 동서양을 막론하고 가장 귀하게 치는 것은 흰 호랑이, 바로 백호다. 이름 그대로 흰색 바탕에 검은 무늬의 강렬한 대비로 이루어진 백호는 보통 호랑이보다 외모적으로도 훨씬 인상적이다. 사실 백호는 희귀한 돌연변이의 결과라고 한다. 보통 호랑이의 모피는 황갈색 바탕에 검은 줄무늬로 이루어져 있는데, 털 색깔을 흰색으로 발현시키는 열성 유전자에 의해 흰색 바탕에 검은 줄무늬의 백호가 태어난다고 한다.

이런 희귀성 때문인지 백호는 예로부터 한국과 중국 등지에서 상서로운 영물로 여겨왔다. 중국 설화에서 백호는 청룡, 주작, 현무 등과 함께 하늘의 사신^{四神}을 이룬다. 이들 사신은 하늘의 사방^{四方}을

청와대와 경복궁을
지키는 호랑이

인왕산 입구에 있는 호랑이 동상.
인왕산에는 호랑이가 살았다는 이야기가 전해진다.

지키는 신으로 그중에서 백호는 서쪽의 수호신이다. 그러고 보니 인왕산은 예전에 서산西山이라고도 불렸고, 현재는 경복궁을 중심으로 서쪽에 있다고 하여 서촌이라고 불리고 있으니 서쪽의 수호신인 백호와 서산인 인왕산, 그리고 서쪽동네 서촌의 만남! 이렇게 인연의 교집합을 이루는 것에서 나는 묘한 전율을 느꼈다.

백호가 살던 곳, 백호정白虎亭

인근 민가에 출몰하며 주민들을 두려움과 공포로 몰아넣었던 인왕산 호랑이는 세월이 흘러 이제는 자취를 감추고 전설이나 속담 혹은 기록에서만 만나볼 수 있는 존재로 남았다. 하지만 놀랍게도 서촌에서 여전히 인왕산 호랑이, 그중에서 서쪽을 지키는 수호신인 백호의 기백을 느낄 수 있는 곳이 있다. 바로 백호정白虎亭이라는 곳이다. 백호정은 인왕산 기슭에 있던 무인의 궁술연습장의 이름이다. 조선시대의 청계천 위쪽을 뜻하는 웃대上村의 서촌오사정西伍村射亭: 서촌 5대 국궁 터 중 한 곳으로서 그중 가장 큰 규모를 자랑하며 명궁들이 모이는 최고의 활터였다. 물론 지금은 사라지고 다세대 주택들이 가득 들어섰지만 다행히도 백호정 터 한쪽에는 한문으로 백호정이라는 세 글자가 새겨진 바위가 남아 있어 옛 정취를 상상해볼 수 있다. 백호정은 1998년에 주민이 뽑은 동네명소로 선정되었는데 안타깝게도 현재는 빌라의 난립과 사람들의 무관심으로 인해 쓰레기가 널려 있고 잡초가 무성하여 사실상 방치상태에 있다. 하지만 바위에 백호정이

예쁘게 단장한 한옥 돌담 끝에 백호정이 숨어 있다.

백호정이란 글자가 선명하게 새겨져 있다.

라고 한문으로 쓴 진한 암각은 세월의 풍파 속에도 변함없이 굳건하게 자리 잡고 있어서 조선 최고의 활터인 백호정의 흔적을 작게나마 느낄 수 있다.

등록된 주소지는 누상동 1-33번지이지만, 지도상에서 그곳은 임야로 표시되어 있다. 실제로는 누상동 166-87번지를 찾아가면 백호정을 좀 더 쉽게 만날 수 있다. 누상동에 빼곡한 빌라와 한옥촌 사이를 깊숙이 헤치고 들어가면 백호정 안내판이 나온다. 안내판 위를 쳐다보면 수풀 사이로 백호정이라고 바위에 새겨진 글씨를 발견할 수 있다. 이 각자刻字는 조선후기 명필가로 불린 엄한명의 글씨로 알려져 있다. 엄한명1685~1759년은 조선 정조 때 위항시인委巷詩人들의 모임이었던 '송석원 시사' 중 한 명으로 시인으로 뿐만 아니라 한석봉을 잇는 명필로 세상에 명성을 떨쳤다. 그런 명필의 글씨가 너무 알려지지 않았다. 아니, 그의 존재를 아는 사람이 거의 없다. 그럼에도 불구하고 이렇게 잘 보존되어 있으니 더 소중하게 느껴진다. 서울 도심 한복판에서 조선시대의 전설적인 명필의 글자를 가까이서 만나볼 수 있다는 건 큰 영광과 즐거움이 아닐까?

엄한명嚴漢明과 엄한붕嚴漢朋

앞서 백호정 각자를 쓴 인물의 이름에 대해선 엄한명으로 소개를 했지만 어디에선 엄한붕으로도 쓰이고 있다. 엄한명嚴漢明과 엄한붕嚴漢朋, 이 둘은 동일인물이다. 백호정에 대해 관심을 가지고 여러 가지를 알아보다가 내가 처음으로 밝혀낸 사실이다. 역사 자료에선 두 가지 이름으로 별다른 기준 없이 혼재되어 사용하고 있다. 사례를 조사해보면 백과사전, 한국역대인물종합정보에는 엄한명이라고 되어 있고, 한국학중앙연구원,《한국민족문화대백과》등에는 엄한붕으로 쓰이고 있는 식이다. 둘 다 신뢰도가 높은 자료들이다. 그럼에도 불구하고 이렇게 혼재된 이유는 정확하지는 않지만 明과 朋의 생김이 비슷해서 일어난 착오가 아닐까라는 추측을 해본다. 그의 정확한 이름이 궁금해서 자체적으로도 여러 가지를 조사해봤지만 워낙 오랫동안 섞어 사용한 터라 사실이 명확하게 밝혀지지 않았다. 다만 '영월엄씨종친회'에 문의해본 결과 그곳에선 족보상 '엄한명'이 맞다는 답변을 받았다. 엄한명이라는 인물이 1700년대 인물이므로 어림잡아도 약 300년의 세월이 지나온 셈이다. 세기가 세 번이나 바뀌는 엄청난 세월에도 불구하고 글자만큼은 생생히 남아 있는 백호정을 찾는 사람들이 명이냐 붕이냐 하는 집착보단 글자 자체를 느껴봤으면 좋겠다.

백호의 흔적을 발견하다

이름에 대한 지루한 논란은 접어두고 마지막으로 백호정과 관련된 재미있는 전설을 소개하고 싶다. 백호정 안내판에는 재미있는 이야기가 적혀 있다. 바로 백호정 약수에 관한 이야기다. "인왕산에 호랑이가 많던 시절에 병이 든 흰 호랑이가 풀 속에서 물을 마신 후 곧

활동하는 것을 보고 그 자리에 가보니 조그만 샘이 있어 그 뒤로 약
수터로 사용했다." 그 후 백호정 약수를 마시면 병이 낫는다는 전설
이 생겼고, 특히 폐질환에 좋다고 알려져서 실제로 예전에는 전국의
폐질환자들이 이곳 약수를 마시기 위해 줄을 서서 기다리기까지 했
다. 효능을 확인할 순 없지만 그때의 인기는 안다. 지금에야 없지만
예전에 약수통을 메고 동네를 기웃거리며 돌아다니는 사람들은 대부
분 백호정 약수를 찾는 사람들이었다. 인터넷도 없던 시절 소문이 어
떻게 났는지 전국에서 폐질환자가 서촌의 작은 동네로 모였다는 건
참 놀라운 일이다. 백호정은 지금도 (심지어 동네 주민조차도) 사람들이
찾기 힘든 인적이 드문 곳에 위치해 있어서 알려지기가 쉽지 않았을
텐데 말이다.

백호정 약수는 안내판을 바라본 상태에서 오른쪽 하단을 보면
문을 발견할 수 있다. 사람이 들어갈 수 없을 정도의 작은 문이다. 이
곳을 열면 물이 고여 있는데, 이 물이 바로 백호정 약수다. 현재도 물
은 마르지 않고 맑고 투명한 색을 자랑한다. 언뜻 보면 마실 수 있을
듯하나 자세히 들여다보면 각종 벌레들이 살고 있어서 안타깝게도
더 이상 약수로는 적합해 보이지 않는다.

백호정에 대해 많은 이야기들을 풀어냈지만 그곳에만 가면 나는
동네 이야기꾼으로서 강한 영감을 받는다. 맹수의 왕이라고 불리는
호랑이의 존재 자체도 너무나 신비롭고, 조선시대 최고의 명필가 한

석봉의 뒤를 잇는 인물의 글씨가 남아 있는 곳이니 그것들과 관련된 무한한 이야기들이 있을 것만 같은 생각이 나의 상상력을 마구 자극한다.

한편으론 서촌에 얼마나 더 많은 백호정 같은 곳이 있을지, 얼만큼 많은 이야기들이 숨어 있을지 아직 모르는 곳이 태반이다. 꼭 내가 아니더라도 재능 있고 영향력 있는 누군가에 의해 더 밝혀지고 알려지지 않을까? 그래서 서촌은 지금보다 앞으로가 더 기대가 된다. 그중 백호정은 서촌에서 느낄 수 있는 역사적 상상력을 극대화할 수 있는 아주 좋은 곳이다.

백호정과 더불어 서촌오사정 중의 하나였던
황학정은 여전히 남아 있다.
황학정은 사직공원 뒷편으로 올라가면
만날 수 있다.

05
서촌
최고의 전설,
엉컹크길의 비밀

西

村

方

向

서촌에서 오랫동안 내과를 운영하고 있는 박효대 원장은 옛날 서촌
의 모습에 대해 "가난한 서민들이 사는 지역이었다"라고 회고한다.
서울 사대문 안에 유일하게 남은 전통시장, 꼬불꼬불한 골목들, 낮은
담장을 보호하기 위한 병조각들, 옥상에 널린 빨래들…. 서촌의 여러
모습들을 보고 있노라면 그 말이 맞는 것 같다. 딱 우리네 어릴 적 혹
은 시골에서 보던 정겹고 친숙한 모습들이다. 하지만 서촌에도 범접
하기 어려울 정도로 화려함이 느껴지는 부촌지역이 있다. 바로 '엉컹
크길' 일대다. 엉컹크길, 특이한 이름이다. 하지만 엉컹크길은 나라에
서 정한 법정명이나 행정명도 아니고 새도로주소명도 아니다. 그러

므로 네비게이션에 찍거나 지도에서 찾아봐도 나오지 않는다. 그냥 동네 사람들, 그중에서도 토박이끼리만 쓰는 특정 지역의 별명 같은 셈이다. 엉컹크길은 지도상으로 옥인동 47번지 일대를 뜻하고(새도로 주소명으로는 송석원2길) 좀 더 쉽게 말하면 옥인아파트, 옥인연립 옆의 고급단독주택들이 있는 곳이다. 사업가, 정치가들의 집이 있는 곳으로 유명했으며, 특히 이회창 총재가 살던 곳으로 잘 알려져 있다.

그동안 '엉컹크'라고 불리는 이름의 유래에 대해선 알려진 바가 없었다. 나는 어릴 적 항상 의문을 가지고 있었다. 왜 '엉컹크길'일까? 그 독특한 지명의 유래에 대해 의문을 가진 동네 친구들 사이에서도 많은 갑론을박이 있었다. 하지만 주변에 도대체 엉컹크가 무엇이냐고 물어봐도 시원한 대답을 들을 수 없었다. 그저 엉경퀴가 많았기 때문이라더라, 스컹크가 있었다더라 하는 카더라 식의 소문만 무성했을 뿐이다. 그렇게 시간이 흘러 엉컹크길에 대한 관심은 멀어졌지만 머릿속 한구석엔 늘 의문으로 남아 있었다. 의미를 알 수 없는 특이한 이름, 분명히 뭔가 있을 텐데 말이다. 그러다 얼마 전 서촌의 관한 자료를 살펴보던 중 우연히 그 의문과 명칭의 유래를 알아냈다.

언컨크? UNCURK! 국제연합한국통일부흥위원회

우선 마음이 급하니 결론부터 얘기하자면 엉컹크길에는 예전에 UNCURKUnited Nations Commission for the Unification and Rehabilitation of Korea라는 UN국제기구가 있었기 때문에, 사람들 사이에서 '언커크, 언컨크' 하

다가 ㄴ 받침이 발음하기 편한 ㅇ 받침으로 변형되어 '엉컹크'가 되었다는 추측이 가능하다. 그렇게 당시 동네 주민들 사이에서 불리던 이름이 시대를 거쳐 현재까지 전해내려온 것이다. 어린 시절부터 간직해왔던 비밀이 풀리는 순간이었다. 그런데 놀라움은 이게 다가 아니었다. 내가 본 자료는 언커크 본부가 화재로 소실되었다는 내용의 신문기사였는데, 자료 속에서 본 한 장의 사진은 가히 충격적이었다. 언커크 본부의 모습은 꽤나 웅장한 성 모양의 독특한 외관을 하고 있었다. 마치 그건 한국이 아니라 외국의 모습 같았다. 사진만으로도 예사로운 건물이 아니었음을 짐작할 수 있었다.

깊어져만 가는 궁금증과 호기심 속에 계속해서 관련 자료를 찾다 보니, 언커크 본부로 쓰이던 프랑스 성 모양의 건물은 원래 조선시대 이완용과 함께 대표적인 친일파였던 윤덕영순정효황후 윤씨의 숙부의 별장이었다는 걸 알게 되었다. 윤덕영은 당시 프랑스 공사로 갔던 민영찬 대사관이 사두었던 건물의 설계도를 사들여, 나라가 망한 후 일본국왕에게서 받은 은사금으로 3년에 걸친 대공사 끝에 이 별장을 완성했다. 즉 이 건물은 프랑스에서나 볼 수 있을 법한 것이었다. 이 별장은 '벽수산장'이라 명명되었고, 총 열아홉 동의 건물로 구성된 것으로 기록되어 있다. 현재의 종로구 옥인동 43, 44, 47번지(일명 엉컹크길 일대)를 모두 차지하면서, 약 2만여 평이 넘는 큰 대지에 약 6백여 평의 건물 규모, 그리고 호화스러운 내, 외부 장식 등으로 인

UNCURK 본당에 불이 났다는 신문기사.

원래 벽수산장의 모습. 그 위용이 대단하다.

예전 벽수산장이 있던 곳. 현재도 으리으리한 집들이 들어서 있다.

해 '한양 아방궁', '조선 아방궁'이란 조롱 섞인 별명이 붙었다고 한다. 이런 별명들이 윤덕영의 귀에 들어갈 것을 신경 썼기 때문일까? 지붕에 삐죽삐죽한 탑들이 많이 달렸다는 뜻으로 '뾰족당'이라는 다소 귀여운 이름으로 순화되어 불렸다고도 한다. 하지만 벽수산장의 여러 명칭 중 집주인이었던 윤덕영이 가장 사랑한 이름은 아마 '송석원'이었던 것 같다.

당시 윤덕영 별장의 명칭이 '송석원'이냐 '벽수산장'이냐에 대해선 기록에서는 정확한 구분 없이 사용되고 있다. 벽수산장에 관련된 신문기사를 하나 살펴보면 이곳은 옥인동 송석원으로 불렸다고 나와 있다. 사실 송석원이라는 이름은 서촌의 역사 속으로 더 거슬러 올라가게 된다. 송석원은 옥류동옛 옥인동에 거주하며 위항시인들의 모임 '송석원 시사'를 만든 조선시대 시인 천수경의 작품이다. 가난한 풍류시인 천수경이 사용한 명칭을 황당하게도 나라를 팔아먹은 친일파의 상징적인 건물에 이 이름을 차용한 것이다. 만약 천수경이 이 일을 알았다면 무척 통탄했을 일이다.

어쨌든 사람이든 동물이든 건물이든 불리는 별명이나 이름이 많다는 건 그만큼 세간에 화제가 되었다는 뜻인데, 그래서인지 벽수산장은 신문이나 문헌 등의 역사적인 기록에도 자주 등장한다. 나라를 팔아먹은 매국노의 소유였기 때문일까? 아니면 그걸 지은 백성의 눈물과 아픔이 담겼기 때문일까? 윤덕영이 죽은 뒤 벽수산장은 여러 차례 주인이 바뀌었다. 제2차 세계대전 때인 1941년 군부와 결탁한 일본의 재벌회사 미쓰이의 소유가 되었다가 광복 이후에는 정부에 소유권이 넘어가 한국전쟁 때는 병원과 유엔군 장교숙소로 사용되었다. 1954년부터는 UNCURK에서 이 건물을 사용했다. 그러던 중 1966년 4월 5일 화재로 인한 지붕 수리 중 2, 3층이 소실되었고, 1973년도에 도로정비사업을 하며 완전히 철거되어 현재의 고급주택들이 들어섰다고 한다. 아무튼 엉컹크길은 벽수산장 시절부터 서민이 범접할 수 없을 정도의 부촌이었던 셈이다. 한 지역에서 시대를 이어 부가 이어지는 시공간을 초월한 모습에서 묘한 일체감을 느낀다.

벽수산장을 만들다

지금도 옥인동 곳곳에서는 벽수산장과 관련한 흔적들을 찾아볼 수 있다. 하지만 실체가 사라졌기 때문에 존재를 기억하는 사람이 많지 않은 편이다. 그런데 어느 날 우연히 알게 된 한동수 한양대 건축과 교수로부터 벽수산장에 관련된 여러 가지 얘기를 들을 수 있었다. 한동수 교수도 전공과 관련된 덕분인지 벽수산장에 대해 여러모로 관심이 많은 분이다. 작년 초 어느 분이 송석원의 모습과 너무나도 흡사한 도면을 팔려고 내놓은 것을 보았는데 아마도 송석원을 만들 때 외국의 도면을 보고 했다는 기록에 나오는 그 도면이 아닐까 추측을 했지만, 아무튼 현재는 그 도면이 어디로 갔는지 알 수 없다고 한다. 아쉬운 일이었다.

그런데 미국에서 건축과 관련해서 유학 중인 박준휘 교수가 벽수산장에 아주 관심이 많아 특이하게도 레고로 모형을 제작하려고 한다는 얘기를 해주었다. 레고와 벽수산장이라니! 얘기를 듣자마자 굉장히 재미있는 작업이겠다는 생각이 들었다. 한양대 동아시아 건축 역사 연구실 홈페이지에서 캐드로 작업된 이미지 파일만 볼 수 있었는데, 나는 문득 벽수산장 모형이 서촌에 하나쯤은 있어야 하지 않나라는 생각이 들었다. 벽수산장이 있던 곳은 엉컹크길이라는 이름으로 그 흔적을 겨우 이어오고 있긴 하지만 언제 사라질지 모르는 구전口傳이기 때문에 좀 더 확실하고 분명한 입체모형이 있다면 사람들에게 서촌을 조금 더 흥미롭고 구체적으로 알 수 있고 오랫동안 기억을 유지할 수 있지 않을까? 서촌의 비밀 같은 존재를 좀 더 연구하고 세상에 더 널리 알릴 필요가 있다고 생각했다.

　　나는 즉시 한동수 교수에게 박준휘라는 분의 주소를 알아내서 실례를 무릅쓰고 미국으로 무작정 이메일을 보냈다. '벽수산장 모형을 만들었는지, 혹시 만들었다면 모형을 서촌에서 전시할 수 있는지' 등의 내용이었다. 말도 안 되는 뻔뻔함과 당돌함이었다. 그런데 나는 한 번 하고 싶은 게 있으면 해야 직성이 풀리는 성격이라 미친 척하고 그랬던 것 같다. 그러면서도 답장을 받을 수 있을지 반신반의했는데, 놀랍게도 며칠 뒤 미국에 있는 박준휘 교수로부터 직접 답장을 받았다. 하지만 내용은 "송석원의 실물 모형은 아쉽게도 아직 없습니

다섯 달의 작업 끝에 완성한 벽수산장 모형. 현재 서촌공작소에 전시되어 있다.

지금도 옥인동 곳곳에 남아 있는 벽수산장의 흔적들.

다. 만들지 않았기 때문입니다. 상당히 많은 자료를 필요를 하는 작업이라 아직도 조각처럼 흩어져 있는 저택의 모습들을 모아 추측 도면을 만들었다고 보면 되겠습니다"라는 답변이었다. 무척 아쉬운 일이었다.

그래서 직접 만들어보기로 했다. 하지만 건축의 건자도 모르고, 모형은 어릴 적 프라모델 말고는 만들어본 적이 없었다. 그것도 소질이 없어서 흥미를 잃고 안 쳐다보던 분야였다. 그런 내가 도면도 없는 건축물의 모형을 만들 수 있을까? 한마디로 말도 안 되는 일이었다. 동네에서 건축사무소를 운영하고 있는 건축가들에게 상담이나 제작을 건의해봤지만 부정적인 의견과 함께 번번이 거절당하기 일쑤였다. 하지만 나는 포기하지 않고 내가 즐겨 찾는 인터넷 커뮤니티에서 사람을 모으기 시작했다. 다행히 관심을 보이는 사람들이 나타나기 시작했고, 재능 있는 건축학도인 황대영, 백영권 씨와 함께 '벽수산장 프로젝트'라는 이름으로 팀을 꾸려 복원 작업을 시작했다.

돌이켜보면 자료 조사 및 수집부터 제작까지의 과정은 말 그대로 무에서 유를 창조해나가는 작업이었다. 각종 논문, 자료 등을 토대로 조금씩 도면을 만들어나가기 시작했고, 벽수산장의 느낌과 어울리는 건축모형재료들을 골라 제작해나갔다. 벽체부와 지붕부가 결합되는 방식으로 분리해서 제작했고, 창문과 창틀은 세트로 작업해서 부재로 하나씩 붙였다. 그 과정에서 몇 번 부서지기도 했지만 포기하지 않고 다시 만들어갔다. 생각보다 애를 먹은 건 도색작업이었

는데, 자료들이 대부분 흑백이었기 때문이다. 그런데 자료를 찾아보
던 중 벽수산장이 일본의 국제우호기념도서관의 외관과 거의 흡사한
것을 알고 그 건물을 참고해 도색을 완성할 수 있었다.

　이런 과정 끝에 당초 모형 제작 완성까지 두 달을 목표로 했던
벽수산장 모형 작업은 여러 가지 스케줄과 자료 조사 등에 밀려 장장
다섯 달이나 걸려 끝이 났다. 물론 완벽하지는 않지만 사라진 건물을
복원하려는 노력과 과정을 통해 여러 가지 자료들을 수집할 수 있었
고, 그동안 몰랐던 역사와 사실들을 알 수 있었다는 것에 의미가 있
었다.

　서촌공작소 한쪽에 전시해놓은 벽수산장 모형을 볼 때면 실제로
봤으면 어땠을까 하는 상상을 해본다. 어마어마한 규모의 성이 우리
동네에 있었다니 쉽게 믿기지가 않는다. 옛 자료사진을 보면 벽수산
장 주변은 전부 초가집이었음을 알 수 있다. 벽수산장을 바라보던 주
민들은 과연 어떤 생각을 했을까? 그 강렬한 대비는 아픔으로 전해
진다. 가난과 부의 공존은 소외감과 박탈감이 더 심하게 느껴지기 때
문이다. 그래서였는지 벽수산장을 기억하는 주민들은 썩 좋은 기억
을 가지고 있지 않은 듯했다. 친일파의 건물을 왜 굳이 모형으로 만
들어놨냐며 화를 내신 동네 어르신도 계셨고, 건물에 불이 났을 때
잘되었다고 생각했다는 분도 계셨다. 누군가에겐 분노의 대상이었
고, 누군가에겐 놀라움의 대상이었고, 누군가에겐 과시의 대상이었
던 한국 역사상 최고급 개인 별장이었을 벽수산장. 역사적으로 다시

찾아보기 힘든, 지금이라면 엄두도 못 낼 만큼 다시는 못 지을 전설적인 건축물임에도 지금껏 대중에 알려지지 않은 것이 놀라울 따름이다.

벽수산장은 서촌공작소의 방향을 잡아준 계기가 되었다. 앞으로도 기회가 된다면 서촌의 여러 가지 장소들을 모형으로 만들어보고 싶다는 생각이 들었기 때문이다. 그 과정을 통해 얼마나 서촌을 깊이 들여다볼 수 있을지, 얼마나 더 많은 사람들이 서촌을 알아가는 계기가 될지 기대가 된다.

06

티아트가
우리 곁을
떠나는 이유

西

村

方

向

여느 아파트 단지 앞이 다 그러하듯이 옥인아파트 앞은 늘 사람이 북
적이는 곳이었다. 공중전화 앞에 사람들이 줄을 서 있었고 그 옆에는
어느 날은 피자, 어느 날은 호떡, 어느 날은 곱창 등등의 다양한 노점
상 아저씨들이 번갈아 장사를 했다. 생선을 실은 트럭은 높은 언덕을
힘들게 오르내리며 신선한 생선이 왔다며 연신 방송을 했고, 마을버
스 입구에 있던 인왕슈퍼에선 아이들이 아이스크림을 고르고, 느티
나무 밑에선 어르신들이 장기를 두고 계셨다. 하지만 옥인아파트를
철거하기로 결정된 뒤, 그 많던 사람들은 거짓말처럼 사라졌다. 노점
상 아저씨도, 공중전화도, 인왕슈퍼도, 심지어 느티나무까지도 전부

사라져버렸다. 순식간에 텅 비어버린 공간은 마치 친척들이 와서 시끌벅적 놀다가 떠난 명절의 고향처럼 허전했다. 그 뒤로 나는 점점 옥인아파트 입구 쪽으로 가지 않게 되었다.

인왕산 골짜기에 티아트가 들어오다

그렇게 옥인아파트 입구가 내 삶에서 방치된 공간으로 있던 2010년 여름, 인왕슈퍼 자리에 티아트라는 카페가 새로 들어섰다. 나는 티아트가 만들어지는 과정을 부정적이고 냉소적인 시선으로 바라봤음을 고백한다. 이렇게 인적이 드문 곳에 생뚱맞게 카페라니 잘 될 리가 만무하다고 생각했다. 카페는 우리 동네와 안 어울리는 곳 같았다. 게다가 대중적인 커피도 아닌 생소한 홍차 전문점이라니! 하지만 공사가 끝나고 티아트의 간판이 걸린 뒤 나는 적에서 팬으로 돌아설 수밖에 없었다. 누구보다도 티아트로부터 많은 도움을 받았기 때문이다. 가끔씩 집을 찾아오는 사람들에겐 그동안 마땅히 설명할 건물이 없어 직접 마중을 나가기 일쑤였는데, 티아트가 생긴 뒤로는 카페가 있는 골목으로 들어오라고 설명해주는 이정표가 되었고, 손님이 찾아오거나 만날 사람이 있을 때 만남의 장소로도 훌륭하게 사용되었다.

하지만 내가 무엇보다도 반한 것은 바로 티아트의 운영철학이었다. 카페에 무슨 운영철학까지 거창하게 따지냐는 분도 있겠지만, 티아트는 직원들이 전부 청각장애인들로 이뤄져 있었다. 말을 알아듣지 못하는 직원들을 위해 화면을 터치해서 주문을 할 수 있도록 아이패드로 만들어진 메뉴판이 있었고 거기에는 간단한 수화를 배울 수 있는 코너도 준비되어 있었다. 홍차와 청각장애인, 뭔가 특별한 이유가 있어 보였다. 아니나 다를까, 티아트가 생긴 배경에는 따뜻한 이야기가 숨어 있었다.

가지런히 놓인 차와 찻잔들. 제대로 된 홍차를 즐길 수 있는 곳이었다.

청각장애인과 함께하는 사회적 기업, 티아트를 만들기까지

홍차를 전문으로 수입하는 티월드의 박정동 대표가 몇 해 전 홍차 수입 때문에 인도에 갔을 때 들른 레스토랑의 종업원들이 모두 말을 잘 못하는 청각장애인들이었다고 한다. 당연히 수화도 할 수 없어 말이 통하지 않았지만, 해맑게 웃는 그들의 얼굴을 보면서 언젠가는 '홍차'를 가지고 저들처럼 청각장애를 가진 사람들과 함께 나누고 일할 수 있는 공간을 만들어야겠다고 생각했단다. 그가 그런 마음을 갖게 된 것은 그의 어머니 역시 청각장애인이기 때문이었다. 장애를 지녔지만 언제나 밝고 긍정적인 사람으로 자라게 해준 어머니에 대한 애틋함 덕분에 인도에서의 경험을 통해 자신이 뭔가 해야겠다는 깨달음을 얻게 되었고 한국으로 돌아온 뒤 청각장애인들이 일할 수 있는 사회적 기업인 티아트를 만들게 되었다고 한다.

그런 탄생 배경을 알게 된 뒤 나는 티아트가 우리 동네에 있음을 누구보다도 자랑스러워했고 그만큼 자주 이용했다. 티아트의 청각장애인 바리스타들과는 직원과 손님을 넘어 친구처럼 지냈고, 간단한 수화를 배워 조금은 특별한 언어로 마음으로 대화를 나누는 기쁨도 얻었다. 그렇게 티아트가 우리 곁에서 이웃이 된 지 어느덧 3년이라는 세월이 흘렀다. 그동안 옥인아파트는 흔적도 없이 사라지고 그 자리에 수성동 계곡이 새로운 이름과 풍경으로 곱게 단장을 해서 개장을 했다. 나는 수성동 계곡 덕분에 티아트에도 더 많은 손님이 찾을 것이라고 생각하며 내심 뿌듯했다. 하지만 그게 그렇지 않았다.

티아트가 우리 곁을 떠나다

나는 얼마 전 출산을 한 아내의 산후조리를 위해 잠시 서촌을 떠나 있었는데, 어느 날 트위터를 통해 "인왕산 수성동 계곡이 완성되었습니다만, 아쉽게도 그 앞의 티아트는 곧 문을 닫게 되었습니다. 티아트는 다음 주 토요일까지만 문을 열 예정입니다. 너무 급작스런 결정이고 아쉬움도 많지만, 이전하는 곳에서 더 좋은 일을 할 수 있을 것 같습니다. 그동안 티아트를 사랑해주셔서 감사합니다"라는 박정동 대표의 글을 보게 되었다. 그동안 외진 곳에 있어서 장사도 변변치 않았을 텐데, 이제 수성동 계곡도 문을 열고 이제야 자리를 잡아가나 싶었는데 이렇게 갑자기 문을 닫는다니… 도대체 무슨 일일까? 나는 그가 떠나기 전 꼭 만나야겠다는 생각이 들어 오랜만에 누상동 언덕을 올랐다. 여느 때와 같이 박정동 대표는 "차 한 잔 하고 가라"며 반갑게 맞아주었지만, 그의 환한 미소도 얼굴의 수척함을 감추지는 못했다.

박정동 대표는 나에게 얼음이 담긴 홍차를 건네며 갑자기 "재우 씨는 서촌이 왜 좋아요?"라고 물었다. 일방적인 짝사랑을 하고 상처만 남아버린 뒤 '내가 왜 그 사람을 좋아했을까?'라고 되뇌며 돌이킬 수 없는 시간을 후회하는 사람 같았다. 그의 말이 질문이라기보단 자신이 사랑한 모든 걸 포기해버린 듯한 회한이 담긴 깊은 한탄으로 들렸다면 그건 나의 착각이었을까? 나 역시도 서촌에서 여러 가지 활

손님들이 마시고 간 티백 손잡이들이 천장을 가득 채웠다.

주인이 직접 차를 만들기도 했다.

동을 하며 이런저런 일들을 겪고 나서 가슴 속에 많은 상처와 분노를 안고 있어서였는지 왠지 모르게 그가 느끼는 감정이 어떤 건지 알 듯 했다. 나는 "사실은 저도 (서촌을 왜 좋아하는지) 이제는 모르겠다"고 대답했다.

맞장구치려고 한 말이 아니라 나의 솔직한 심정이었다. 사람들에게 받는 오해와 소문들로 인해 그토록 좋아한 서촌이 지긋지긋해지고 한동안 쳐다보고 싶지 않을 때도 있었다. 박정동 대표도 그런 일을 겪었다고 한다. 주민들 사이에서 청각장애인들을 착취해 돈을 버는 사람이라는 소리도 들었고, 어디서 사업에 실패한 사람이 여기까지 들어온 거라는 얘기도 있었다고 한다. 하지만 자신을 믿어주고 티아트를 사랑하는 사람들이 있었기에 그런 허무맹랑한 소문이나 오해는 무시해버리면 그만이었고, 힘이 들긴 했지만 티아트를 운영하는 데 있어서 문제가 될 정도는 아니었다.

하지만 더 이상 티아트를 유지하지 못할 일이 생긴 건 3년간의 오랜 공사 끝에 수성동 계곡이 개장하던 날 저녁이었다. 가게 임대주로부터 나가달라는 청천벽력 같은 통보를 받았다. 멀쩡한 가게를 공사한다는 이유였다. 재계약도 아니었고 월세를 올려달라는 것도 아니었다. 가게를 공사할 테니 나가라는 건 집주인들이 세입자를 내쫓을 때 주로 하는 허울 좋은 변명이다. 사실 집주인의 탓을 할 수는 없다. 임대료를 올릴 수 있는 기회이고 그의 권리이기 때문이다. 다만 옥인아파트가 철거되어 아무것도 없을 때 죽어가던 공간에 들어와 조용히 우리 곁에 있다가 이제야 더 많은 사람들에게 홍차와 시각장애인들로 특별한 소통과 사랑을 전하나 싶었던 티아트에게 조금은 더 여유와 기회를 줄 수 있지 않았나 하는 아쉬움이 드는 것이 사실이다.

티아트의 마지막을 바라보며

생명이 자라지 못하는 추운 겨울 동안 몸을 녹여주는 따뜻한 홍차 한 잔처럼 소외된 공간을 소중히 지켜온 티아트가 드디어 봄날을 맞이하나 싶었는데 한순간에 그렇게 허무하게 우리 곁을 떠나게 되었다. 박정동 대표는 자신의 프로필에 자신이 머무는 곳을 '서촌 청계천 발원지'라고 썼을 만큼 서촌과 인왕산 골짜기를 사랑하는 사람 중 한 명이었고, 누구보다도 티아트 앞에 수성동 계곡이 생기길 바랐을지도 모른다. 그런데 아이러니하게도 그 수성동 계곡이 티아트를 서촌에서 밀어낼 줄은 예상하지 못했을 것이다.

티아트를 마지막으로 찾은 그날도 그곳에는 손님으로 북적였다. 멀리서 맛있는 빵을 사왔다고 먹어보라며 나눠주는 어느 교수는 마치 동네 아주머니처럼 친근했다. 내가 티아트에서 언제나 느꼈던 따뜻하고 차분한 분위기 그대로여서 다음에 올 때 이곳이 없을 것이라는 사실이 믿기지 않았다.

하지만 티아트는 2012년 7월을 마지막으로 서촌을 떠나 홍대에 새롭게 자리를 잡는다고 한다. 박정동 대표는 서촌에서의 아픔과 상처를 멀리하고 새로운 시작을 기다리고 있는 듯 보였다. 티아트는 아마 새로운 곳에서도 많은 사랑을 받을 것이니 걱정할 필요가 없다. 다만 티아트의 빈자리를 대신해서 어떤 곳이 들어오든 예전처럼 편안하고, 따뜻하고, 사랑이 넘치는 곳이 되었으면 하는 작은 바람과 기대로 아쉬움을 달래본다. 티아트의 아쉬운 마지막을 뒤로하고 언덕을 내려오는 길에는 인왕산이 변함없이 우리를 내려다보고 있었다.

07
의정부
교도소에서
보내온 편지

西

村

方

向

얼마 전 귀한 편지 한 통을 받았다. 놀랍게도 보낸 곳이 '의정부교도소'였다. 내가 2009년부터 운영하던 효자동닷컴 시절부터 여기저기서 가끔씩 동네 옛이야기를 들려줘서 추억이 생각난다며 고맙다는 메일을 받기는 했다. 하지만 편지를 받아보기는 처음인데 그것도 교도소라니 살짝 놀랐다. '서촌연구소장님께'로 시작된 편지는 교도소에 수감되어 생활 중인 어느 청년의 이야기가 진한 검정색 볼펜으로 꾹꾹 눌러 담겨 있었다.

정유권(가명) 씨는 원래 일본인들을 대상으로 관광가이드를 했는데, 자연스럽게 서촌을 자주 오가게 되었고 그러면서 서촌의 매력에 빠지게 되었다고 한다. 그러다 젊은 날의 실수로 사회와 단절된 수감 생활을 하게 되었는데, 서촌의 고즈넉한 감성으로부터 힘을 얻고 싶어 용기를 내어 나에게 편지를 보내게 되었다고 한다. 서촌라이프와 서촌의 자료들을 받아보고 싶고, 세상과 예술, 문화와의 소통이 너무 목마르다며 서촌 사랑이 더욱 깊어지길 원한다는 문장으로 편지는 끝맺음이 되어 있었다.

나는 늘 서촌은 힐링 플레이스라고 생각해왔다. 지친 사람들을 안아주고, 위로해주고, 치유해주는 힘. 그렇지만 정작 내가 하는 일이 누군가에게 다시 일어날 힘을 주고, 의미가 있을 거라고는 미처 생각지 못했다. 그가 서촌과 나의 작업들에 보내주는 과분한 사랑과 관심에 그저 감사할 따름이다.

조만간 서촌라이프 소식지와 그간 모아온 서촌 자료들을 정리해서 우체국에 다녀와야 할 것 같다. 그리고 이 글들이 모여 책이 나온다면 그에게도 꼭 보내주고 싶다. 부디 그가 서촌을 통해 꼭 회복하고 반성하고 다시 일어설 수 있기를 기도한다.

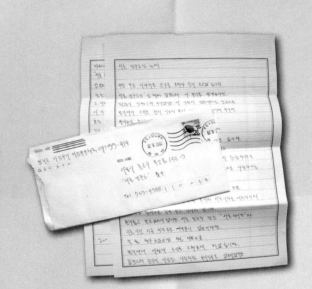

아름다운 서촌 사람들

서촌의 정이 있는 곳, 유정미용실

이따금씩 사람들로부터 서촌의 유명한 곳을 추천해달라는 부탁을 받는다. 잡지사나 언론사에서 취재를 할 목적으로 그럴 때도 있고, 일반인들이 당최 서촌의 매력을 어디서 느껴야 할지 모를 때 그러기도 한다. 목적은 제각각이지만 그들과 내가 아는 정보들을 공유하며 느낀 것은 대부분의 외부인들이 서촌에서 '대오서점' 같은 곳을 보기원한다는 것이다. 대중은 구구절절한 설명보단 하나의 상징으로 대변되고 기억되는 곳을 원한다는 걸 깨달았다. 대오서점은 서촌에 있는 헌책방으로 예스러운 모습과 헌책방이라는 콘텐츠 덕분에 많은 곳에 소개되며 유명해진 서촌의 대표적인 명소다. 특히 KBS의 다큐

3일이라는 프로그램을 통해 알려진 뒤 서촌의 상징적인 건물로 자리
잡았다.

　　대오서점은 어떤 면에선 영국의 대표적인 책방인 노팅힐 서점과
유사한 곳이 아닐까 싶다. 노팅힐 서점은 휴 그랜트와 줄리아 로버츠
가 출연한 영화 〈노팅힐〉의 배경이 된 곳으로, 영화가 흥행한 후 런
던의 대표적인 관광명소가 되었다. 하지만 노팅힐 서점도 불황과 높
은 임대료를 못 이기고 폐업을 선언했듯 대오서점도 현재는 책방의
기능을 상실하고 외관만 남겨져 있는 상태이기 때문에 껍데기에 불
과하다. 일종의 박물관처럼 되어버렸다. 사진 찍기에는 좋지만 정작
생생한 이야기를 듣고 실제로 이용하는 경험을 할 수 없다는 한계와

단점을 실감하면 아쉬움만 남게 된다. 외부적인 모양새만 부각되는 건 사진 찍으러 돌아다니는 뜨내기 방문객들이나 많아질 뿐이지, 동네를 깊숙이 알아가고 느끼는 데 별 도움이 되지 않는다. 고풍스러운 모습이 그대로 남아 있으면서도 여러 가지 이야기들을 고스란히 간직한 살아있는 랜드마크를 기대하기란 어려운 걸까?

이제 서촌도 외부적으로나 내부적으로 보존이 잘 되어 있는 곳은 사실 많이 없다. 아마 겉에서 보고 사진 찍고 그런 정도에서 만족할 것이라면 오히려 서울 역사박물관이나 국립문화박물관의 추억의 거리를 찾는 편이 빠를지도 모른다. 그럼에도 불구하고 오래된 동네답게 외관도 예스러운 분위기가 남아 있으며, 문을 열고 들어가도 싱싱하게 살아있는 이야기를 들을 수 있는 곳이 많지는 않아도 여전히 남아 있음에 희망을 느낀다. 이번에 소개하는 유정미용실도 바로 그런 곳이다.

유정미용실의 외관은 1970년대 그대로다. 요새는 외부인들에게도 많이 알려졌다. 차가 씽씽 달리는 6차선 대로변에 어울리지 않는 허름한 외관 덕분이다. 지금은 감히 흉내도 낼 수 없는 스타일의 글자체와 색상으로 '올린머리, 파마전문' 등의 글자를 시트지로 오려 붙인 모습이 추억을 되살리는 데 손색이 없다. '곱슬부시시한 머리 100% 펌, 아이롱파마, 손상모크리릭' 등 깨알 같은 카피들을 읽고 있으면 타임머신을 타고 돌아간 듯한 착각마저 든다. 안이 보이지 않아 조금은 주저하게 되는 유정미용실 문을 열고 들어가면 나이가 지긋해 보이는 미용사가 열심히 손님의 머리를 만지고 있는 모습을 만날 수 있다. 그제야 느낀다. 아, 이곳은 살아있는 곳이구나!

40년 전통의 유정미용실

유정미용실이 변함없이 운영되는 건 주인인 조유정 원장님 덕분
이다. 본인의 이름을 따서 미용실 이름을 지었다. 원할머니 없는 원
할머니 보쌈처럼 붕어 없는 붕어빵 같은 가게가 얼마나 많은 시대인
가. 그런 면에서 이름에서부터 정통성이 느껴진다. 사실 원장님보다
는 할머니라고 불러야 더 어울릴 듯한 연배와 분위기다. 외관이 어떻
게 보면 좀 촌스럽기도 한데 간판을 새로 달 생각은 없었냐고 물어
보니, 오히려 멀쩡한 걸 굳이 왜 바꿔야 되냐며 저 모습 그대로가 좋
다고 한다. 그런 원장님의 철학 덕분에 아마 앞으로도 유정미용실의
파사드_{건물 외관}가 바뀔 일은 없을 것 같다. 원장님에게 미용실을 운영

한 지 얼마나 되었냐고 물어보니 한 40여 년 되었다고 한다. 오래된 곳은 대부분 이런 식이다. 사람의 나이도, 연인들의 만난 날도 정확하게 숫자를 세는 건 10, 20대까지 아니면 기껏해야 30대까지다. 그 이상으로는 40여 년, 50여 년으로 소위 말하는 대충 '퉁'을 친다. 정확한 세월을 세기에는 그 수가 너무 많아져버렸기 때문일 것이고 큰 의미도 없기 때문이리라. 효자동 7평짜리 미용실에서만 40여 년을 보낸 탓에 유정미용실은 효자동, 청운동 일대까지 모르는 사람이 드물다.

유정미용실의 주특기는 간판에 쓰여 있는 대로 '파마'와 '고데_{집게}처럼 생긴 기구를 불에 달궈 머리를 다듬는 미용방법'다. 일명 후까시_{부풀림}를 잔뜩 넣어 우아한 분위기를 낼 때 많이 하는 스타일이다. 덕분에 중년 여성 단골이 많다. "미용술은 과학이 아니라 감각이기 때문에 의술만큼 어렵다"며 자랑스러워하는 그녀는 쇠 고데기를 30년 넘도록 고집스럽게 불에 달궈 쓰고 있다. 옛날 방식을 고집하는 덴 특별한 이유가 있다. 파마는 약이 좌우하지만 고데는 손재주가 좌우하기 때문이고, 그 중에서도 쇠 집게는 볼륨을 확실하게 잡아주고 섬세한 웨이브와 경쾌한 탄력을 줄 수 있어 분위기를 수천 가지로 변화시킬 수 있기 때문이란다. 젊은 미용사들은 그걸 마음대로 휘두를 수 없으니 집게로 머리카락을 태우기 십상이라고 한다.

10년 전만 해도 명절날 미용실은 고데를 말러 오는 여성들로 대목을 이뤘는데 요즘은 그렇지도 않단다. 고급요정이었던 삼청각이 없어지기 전에는 거기서 일하는 접대부들까지 머리 말러 온다고 득실댔는데, 사람들이 예전처럼 후까시 들어간 머리를 선호하지 않아서인지 요샌 손님이 뜸하다고 한다. 취재를 빙자해 아내의 머리를 다듬으러 갔을 때도 우리가 가장 어린 손님들이었다.

하지만 손님이 많지 않아도 조바심이 나 보이진 않았다. 오히려 유정미용실은 그녀에게 일터가 아닌 놀이터, 쉼터로 보였다. 내가 말을 걸 새도 없을 정도로 쉴 새 없이 동네 할머니들과 수다를 떠느라 정신이 없었으니 말이다. 은근슬쩍 엿듣는 단골 이야기도 재미있다. 청와대가 목전이어서일까, 인근에 부잣집이 많아서일까. 고 정주영 현대그룹 명예회장의 부인 변중석 여사가 생전 단골이었고, 이명박 대통령 부인인 김윤옥 씨가 효자동 살던 1990년대 후반 간혹 들러 고데를 말고 갔다고 한다. 현정은 현대그룹 회장도 북한에 가기 전이 미용실에 들러 마무리를 한다고 자랑이다.

흥미진진한 미용실 비화들을 듣다보니 아내는 진작 머리를 다 잘랐는데 원장님은 돈 받을 생각도 없어 보였다. 아내의 머리를 끝내고 바로 다른 손님의 머리를 말기 시작했고 그 사이에 수다는 손님과 손님 사이의 빈틈을 기가 막히게 연결했다. 계산할 틈을 노리며 슬슬 자리에서 일어나려고 하는데 가만 보자, 한쪽에서 조용히 파마를 말고 있는 분이 유난히 낯이 익었다. 왠지 그냥 가면 실례가 될 것 같아

조심스레 인사를 하고 보니 미용실 근처 원이비인후과 원장님이었다. 내가 어릴 적 자주 가던 병원이다. 원이비인후과 원장님 또한 동네의 오래된 어른인데 허름한 미용실에서 옹기종기 만나게 되니 역시 서촌은 참 사람 사는 동네, 시골 동네 같다는 생각이 들었다. 그런 분위기를 잡는 덴 무엇보다도 유정미용실이 제 역할을 톡톡히 하고 있다. 미용실을 나오며 아내는 머리를 잘라 산뜻함을 느꼈을 것이고, 나는 따뜻한 정을 느꼈다. 사람 사는 곳에서 느껴지는 온기 같은 정, 미용실 이름이자 그녀의 이름인 '유정', 아마도 '정이 있다'는 뜻의 유정有情이 아닐까 생각해본다.

서촌에서 만난 아름다운 종이 한 장

얼마 전 처갓집 식구들이 서촌에 사는 누이 사는 모습을 보러 우리
집을 방문했다. 결혼한 지 9개월이나 지났으니 첫 방문치곤 좀 늦은
셈이다. 다들 각자의 자리에서 워낙 바쁘게 생활하기도 하고, 우리가
자주 처가 쪽으로 인사를 가는 편이라 큰 필요성을 느끼진 못했던 것
같다. 어쨌든 처음 서촌에 오는 처갓집 식구들을 위해 우리 부부는
우리가 사는 집도 집이지만, 그동안 입에 침이 마르도록 자랑한 서촌
을 소개하고 매력을 보여주기 위해 많은 고민을 했다. 운 좋게도 그
날은 마침 서촌에서 1년에 한 번 있는 벚꽃축제가 열리는 날이었다.
먼저 집을 구경한 뒤 미리 점찍어놓은 서촌의 맛집에서 즐겁게 점심 식사를 하고 소화도 할 겸 벚꽃 길을 걸으며 산책을 하면 딱 좋은 서촌 맛보기 체험(?)코스가 될 것 같았다. 아내와 이 계획을 세우고 쾌재를 불렀다.

하지만 우리의 예상과는 달리 처갓집 식구들을 초대한 날은 날씨부터 꼬이기 시작했다. 아침에 눈을 뜨고 창문을 열어보니 어두컴컴한 하늘에서 강한 비바람이 몰아치고 있었다. 안타까운 건 날씨뿐만이 아니었다. 중형차를 가져온 처남은 낯설고 좁은 골목들 사이에서 주차를 어떻게 해야 할지 어쩔 줄을 몰라 했다. 어떻게 저렇게 됐을까 싶을 정도로 삐뚤빼뚤 주차되어 있는 차들을 처음 접하는 이방인에게는 당연한 일이었다. 주차할 공간을 찾지 못해 한참을 낑낑 대다가 주변을 둘러보니 다른 집에 마침 빈 곳이 있어 결국 남의 집에 잠깐 댈 수밖에 없었다. 하지만 가까스로 찾은 그 공간도 우리 집이 아니기 때문에 언제 집주인이 차를 빼라고 으름장을 놓을지 몰라 불안하고 초조했고, 난 미안한 마음이 들었다.

새로운 만남에서 첫 인상은 선호를 결정하는 데 큰 역할을 한다. 번데기를 처음 먹다 식중독이 걸린 사람은 평생 번데기를 못 먹고, 처음 만나 싸운 사람하곤 친하게 지내기가 어렵다. 그래서 나름 서촌 알리미를 자청하고 있는 나로서는 처갓집 식구들에게 서촌에 대해 좋은 첫인상을 심어주지 못한 것에 아쉬움이 들었다. 하긴 어찌 처갓집 식구뿐이겠는가. 요새 서촌에 대한 관심이 많아지며 사람들이 막

연하게 거는 기대 중 하나가 바로 '서촌은 왠지 정겨운 이웃들의 인정이 가득한 곳이지 않을까?' 하는 것이다. 이 기대는 맞을 수도 있고 아닐 수도 있다. 서촌도 다른 곳과 마찬가지로 사람 사는 곳이고, 특히 나이 든 분들과 오래 산 분들이 많아 오히려 텃세 같은 게 다른 동네보다 심하다는 인상도 받는다. 특히 이웃은 우리라는 개념 안에 들어가면 한없이 친절하지만, 적이 되면 한없이 적대적으로 돌변하기도 하는 존재다.

미국의 철학자인 로버트 온스타인은 《공감의 진화》란 책에서 "우리we라는 우리cage에서 탈출하라. 가족에서 나온 뿌리 깊은 '우리' 의식은 타인을 원수나 악마로 내몬다"라고 말했다. 돌아보면 나의 경우도 마찬가지였다. 김장철에는 이웃들이 김치를 담갔다며 새로 담근 김치를 서로 주는 바람에 냉장고가 김치로 가득 차게 만드는 살가운 이웃도 있고, 한편으로는 서로 얼굴도 마주치기 싫은 원수 같은 이웃도 있다.

새삼스러운 얘기지만 도시에서 인정을 느끼기란 참으로 어렵다. 얼마 전 서울 어디에서 층간소음으로 인해 이웃을 살해하는 일이 일어났다는 끔찍한 뉴스를 보며 정말 심각하구나 싶었다. 이런 극단적인 상황까지는 아니지만 사소한 일들로 이웃과의 전쟁 같은 일들이 서촌에서도 역시 비일비재하다. 평일은 물론이고 타지에 있는 가족들이 많이 몰려오는 명절이나 연휴가 되면 사태는 더 심각해진다. 서

서촌의 어느 골목.
햇볕이 들지 않을 정도로 다세대 주택이 빽빽이 들어서 있다.

블로그 이웃인 제제님은 서촌 골목에 있는 낮은 담장에서 흔하게 볼 수 있는
방범용 유리조각을 보고 '인정 넘치는 미소로 반겨주는 듯 하다가 어느 순간
날카로운 경계심으로 외부인들에게 상처를 입히기도 해서, 서촌을 닮았다'고 말했다.

촌은 한옥과 골목으로 유명한 동네답게 지역 특성상 길이 좁고 주차
공간이 넉넉한 편이 안 된다. 그래서 주민에게도 빠듯한 주차공간은
늘 쟁취해야 하는 대상이고, 그런 이유로 안타깝게도 외부인에게 자
비와 인심을 베풀기가 어렵다.

　　다세대 주택이 가득 찬 누상동 우리 집도 상황은 마찬가지다. 매
일 아침 서로 차를 대고 빼주는 일로 층계를 오르락내리락 해야 하는
일은 물론이고, 이웃과 주차 문제로 싸우지나 않으면 다행이다. 그래
서 이런 다세대주택 밀집지역에 살다보면 주차하는 실력은 묘기수준

으로 늘게 된다. 어떻게 저기에 주차할 수 있을까 싶은 공간에 용케
도 주차들을 하는 모습에 혀를 내두를 지경이다. 그럼에도 불구하고
때때로 무리하게 주차를 시도하며 불편을 초래하는 상황이 빈번하
다. 이런 일들이 오랫동안 이 동네에서 산 내게는 흔한 일상이지만,
개인주차공간이 정해져 있는 아파트 생활을 하다가 처음 빌라촌에
와본 처남에게 주차는 쉽지 않은 경험이었을 것이다.

하지만 누군가 전쟁 속에서도 꽃은 핀다고 했던가? 서촌에서도
이런저런 일들로 각박한 일상을 사는 건 마찬가지지만 그 속에서도
아름다운 꽃향기를 느꼈던 일이 있었다. 어느 날 우리 집 뒤편에 있
는 인왕산 올라가는 누상동 골목길 중간에 누가 큼직한 SUV를 떡하
니 대놨다. 1차선보단 살짝 넓지만 양쪽으로 차가 다니기에는 부족
한 골목이었다. 나는 누가 이렇게 개념 없이 차를 대놨을까 인상을
찌푸렸는데 그 차에 붙어 있던 종이 한 장이 나의 눈길을 끌었다.

안녕하세요? 며칠 고민하다 글을 적습니다.

차가 너무 커서 지나다니기가 조금 많이 불편합니다.

제 차보다도 선생님 차 긁을까 봐

슬로우모션으로 지나가게 되네요.

공영 주차장에 주차하시면 감사하겠습니다.

차가 너무 커요. ^-^

종이에 적힌 글에선 문장 하나, 단어 하나에도 겸손과 배려가 묻어났다. 글씨는 예쁘지 않았지만 마음이 예뻤다. 거기다 웃는 이모티콘으로 마무리까지. 개념 없이 주차된 차 덕분에 성질이 날 법도 한데 이런 상황에서 우리가 흔히 갖는 분노 따위는 전혀 느껴지지 않았다. 마치 메마른 사막에서 촉촉한 오아시스를 만난 듯한, 거친 콘크리트 사이에서 작고 예쁘게 핀 민들레를 만난 기분이 들었다.

속담 중에 '가는 말이 고와야 오는 말도 곱다'는 말이 있다. 하지만 이건 네가 잘해야 나도 잘할 거라는 뜻 같아서 뭔가 영 껄끄럽다. 오히려 진정한 아름다움은 비록 가는 말이 곱지 않아도 오는 말이라도 곱게 할 때 생기는 것 같다. 이 정중한 부탁의 종이를 본 차 주인도 분명 부끄러워하고 차를 뺐으리라.

다세대주택이 옹기종기 모여 있는 이런 좁은 골목길에서는 길은 좁고 사람은 많은 탓에 주차, 분리수거, 쓰레기무단투기 등의 문제로 이웃들과의 마찰은 흔한 일이다. 다만 그럴 때마다 이 종이 한 장처럼 웃으면서 부탁을 건넬 수 있는 넓은 마음을 가진다면 원수가 될 뻔한 인연은 이웃으로 다가오고 삶의 터전은 더욱 향기롭게 자리 잡을 수 있지 않을까? 마치 이 서촌의 누상동 골목길처럼 말이다.

안녕하세요? 몇일 고민하다 굳을 적습니다
차가 너무 커서 지나다니기가 조금 많이 불편
합니다 제 차보다도 선생님 차 긁을까 봐 슬로우 오션
으로 지나가게 되네요
공영 주차장에 주차 하시면 감사하겠습니다.

차가 너무 커요.

모든 것은 한 권의 책으로부터 시작했다. 미국 유학시절 우연히 책방에서 발견한 《위어드 플로리다Weird Florida》라는 책이었다. 이 책이 내 삶의 큰 변화를 가져다주었다. 《위어드 플로리다》는 미국의 휴양지로 유명한 플로리다의 관광안내서였는데, 특이한 건 동네 주민들이 자료를 모아서 만들었다는 점이다. 대부분 관광안내서라고 하면 전문 여행가가 수박 겉 핥기 식으로 돌아다니면서 만드는데, 이 책은 동네 사람들이 직접 아는 명소, 맛집, 전설, 이야기 등 디테일한 자료들을 모아 만든 제대로 된 지역 관광 책이었다. 이 책은 미국에서 꽤 유명해져서 나중에는 지역별로 Weird 시리즈가 만들어졌다. 나는

《위어드 플로리다》를 읽으며 우리 동네에도 이런 심도 있는 정보를 담은 책이 있으면 좋겠다는 생각이 들었다.

그 후로 각 나라의 지역문화에 더 많은 관심을 가지고 살펴보게 되었다. 일본의 신주쿠에서 울창한 빌딩 숲 사이에 작은 선술집 골목들이 잘 보존되어 있는 것에 감탄했고, 미국의 산타페라는 곳에선 엄격한 건축 규제로 그 동네만의 독특한 분위기를 유지해 명소가 된 것이 참 부러웠다. 봉사활동으로 아프리카를 방문했을 때 탄자니아 아루샤라는 지역에서 주민들이 만드는 동네신문을 알게 되어 동네 돌아가는 소식과 정보로 많은 도움을 얻고 정보 공유의 중요성을 깨달았다. 그래서 돌아온 뒤 자료들을 모으고 정리해 '효자동닷컴'이라는 동네 블로그를 시작하게 되었고, '서촌라이프'라는 마을 소식지를 만들기도 했다. 그렇게 동네를 좀 더 깊이 들여다보고 소개하는 과정을 통해 나는 서촌이 단순한 동네가 아니라는 걸 점점 알게 되었다.

나는 도시설계를 배운 사람도 아니고 건축을 전공하지도 않았다. 전업 작가도 아니고, 문화기획자도, 그리고 무엇보다 서촌을 대표하는 사람이 아니다. 그저 서촌에 오랫동안 살아온 평범한 젊은이다. 그러나 세상 여기저기를 돌아다니며 보고 느꼈던 것들이 하나같이 모두 유기적으로 연결되는 듯했고, 우리 동네도 이랬으면 하는 생각을 하고 있는 나 자신을 발견했다. 그동안 소중하게 생각하고 기억하던 것들이 모여 여러 가지 이야기가 만들어졌고 이렇게 하나의 책으로 나오게 되었다. 나는 이곳 서촌에서 소중한 추억을 많이 얻었고, 그 안에는 내가 미처 몰랐던 수많은 역사적, 문화적 이야기들이 보물처럼 숨어 있었다. 그래서 내가 가진 것, 알고 있는 것, 가장 잘하는 것으로 사람들에게 서촌을 쉽고 재미있고 유익하게 소개해주고 싶다는 생각을 늘 하고 있었다.

자신이 사랑하던 것이 사라질 때 아쉽다고 말하는 사람은 많지만 평소에 더 많이 사랑해주지 못해서 미안하다고 말하는 사람은 많지 않다. 그게 건물이든, 가게든, 사람이든. 사라지는 걸 미처 몰랐다면 그만큼 무관심했던 걸지도 모른다. 어쩌면 우리가 해야 하는 건 사라지는 걸 아쉬워하는 게 아니라 사랑하는 것들을 늘 관심 갖고 돌아봐야 하는 걸지도 모른다. '사랑'에 이응이 없어져서 '사라'지게 되는 것도 모르기 전에 말이다. 그래서 나는 묵묵히 한자리를 지켜오고 오랫동안 주민들에게 사랑받으며 전통을 쌓아온 서촌의 오래되고 숨은 장소들을 소개하고 응원한다. 그리하여 많은 사람들에게 지금보다 더 깊이 있게 알려지고 사랑과 관심을 받아 오래오래 우리 곁에 있기를 기대한다.

모든 게 그러하듯이 서촌도 제대로 느끼기 위해선 보다 많은 정보와 상상력을 필요로 한다. 하지만 서촌은 넓고도 깊다. 아직 내가 못 가본 곳도 있고, 그만큼 모르는 사람들도 많고, 모르는 이야기들도 수두룩하다. 이 책 역시 서촌의 지극히 일부일 뿐이다. 또한 내 글과 사진들은 스스로 생각해도 다른 에세이들처럼 화려하고 세련되지도, 맛깔스럽고 감성적이지도 못하다. 하지만 나의 투박함과 서투름을 충분히 알고 있기에 매일매일 꾸준하고 성실하게 집필했다. 처음이라 고통스러웠지만, 지나고 보니 오로지 서촌만을 생각할 수 있었던 즐거운 작업이었다. 그리고 그 과정조차 마치 서촌을 닮았다고 생각한다. 아프지만 않았다면 좀 더 일찍 끝냈을 작업이었다. 하지만 그런 일들로 서촌을 바라보는 관점도 좀 성숙해졌다고 스스로 생각한다. 예전에는 좀 방방 떠 있었는데 조금은 독자 입장에서 객관적으로 깊이 들여다볼 수 있지 않았나 싶다.

이 책을 통해 더 많은 분들이 서촌을 천천히 같이 즐겨준다면 저자로서, 주민으로서, 서촌을 사랑하는 동네 이야기꾼으로서 그 이상 행복할 순 없을 것이다. 부족하고 어설픈 글을 끝까지 읽어준 독자들께 진심으로 감사드린다. 모두들 서촌에서 만날 수 있기를 기대한다.

각설탕의 서촌공작소 http://hyojadong.com
서촌라이프 커뮤니티 http://seochonlife.net
서촌라이프 트위터 @seochonlife

서촌방향

초판 1쇄 인쇄 2012년 11월 5일
초판 1쇄 발행 2012년 11월 12일

지은이 설재우
사진 윤효중, 설재우
펴낸이 이범상
펴낸곳 (주)비전비엔피 · 이덴슬리벨

기획 편집 김시경 고은주 박월 노영지
디자인 최희민 김혜림
영업 한상철 한승훈
관리 박석형 이다정
마케팅 이재필 한호성 김희정

주소 121 - 894 서울시 마포구 잔다리로7길 12 (서교동)
전화 02)338 - 2411 │ **팩스** 02)338 - 2413
이메일 visioncorea@naver.com
블로그 blog.naver.com/visioncorea

등록번호 제313 - 2009 - 96호

ISBN 978 - 89 - 91310 - 44 - 5   03810

· 값은 뒤표지에 있습니다.
· 잘못된 책은 구입하신 서점에서 바꿔드립니다.

「이 도서의 국립중앙도서관 출판시도서목록(CIP)은 e - CIP홈페이지(http://www.nl.go.kr/ecip)와
국가자료공동목록시스템(http://www.nl.go.kr/kolisnet)에서 이용하실 수 있습니다.(CIP제어번호: CIP2012004889)」